KB137682

내 인생의 사다리

내 인생의 사다리

여기창 지음

學而思 | 학이사

감사의 글

의미있는 삶이 되었으면

100세 시대에 살고 있다지만 벌써 산수傘壽를 맞이하니 자꾸 뒤를 돌아보게 된다. 지난 시절, 무엇을 좇아 살아왔으며 어떻게 걸어왔던가? 이제 삶의 막다른 고개를 넘어서면서 지난 세월 내 삶의 자랑과 보람, 회한과 연민이 뒤엉킨 그 흔적을 돌아보며 걸어온 발자취를 더듬어 본다.

걸어온 길이 뒤따르는 자가 되밟아 올 만큼 올곧은 길이며 본받을 만한 가치가 있는지 되짚어 보고 내 인생 여정을 반추해 본다. 반평생을 교육자로 후학들을 가르치면서 살아왔다면 이제는 늦은 나이지만 소소한 것이라도 배우는 삶이 되기를 희망한다. 그리하여 여생을 이웃에 보탬이 되는 좀 더 의미 있는 삶이 되었으면 여한이 없겠다.

나는 일제강점기인 1938년 12월 25일(음11월 4일)에 7남매의 맏이로 성주군 대가면 대천리 장밭長田에서 성산 여씨 25세손으로 태어났다.

광복 이듬해 대천1동 동사무소에서 대가초등학교 대서분교가 개교하여 입학하게 되었다. 부모님은 학교를 다니지 못했지만 배우지 못한 것이 한이 되어 자식에게만은 고된 농사일을 대물림하지 않겠다는 일념으로 자식 교육에 헌신하셨다. 읍내의 성주중학교는 당시만 하더라도 교통이 불편해서 하숙을 해야 되니 대구 계성 중·고등학교로 진학하여 홀로 사시는 숙모님 댁에서 숙식하게 되었다. 학비 부담이 적은 경북대학교 사범대학에 진학하였다. 그래도 어려운 가정 형편으로 하숙비와 등록금 조달이 부담되어 대학생활 내내 가정교사를 하면서 학비에 보탰다.

대학 졸업 후 군복무를 마치고 초등학교 교사자격증을 취득하여 성주 무학초등학교에서 처음 교단에 섰다. 1년 근무하다가 청송고등학교로 발령을 받았다. 대구고와 경북여고에서 대구 시내 근무 만기인 8년을 채웠기 때문에 경북으로 발령이 나 13년간을 주말부부로 지냈다. 그리고 교감, 교장으로 1년씩 근무하였으며, 교육전문직으로 11년 반을 근무하였다. 초·중등 교원의 정년 단축으로 3년 이른 만 62세에 경북교육청 과학산업교육과장을 끝으로 36년간의 교육공무원에서 정년퇴직하였다. 당시를 회고하면 평생 정든 교직생활을 떠난다는 사실에 그 서운함은 비길 데가 없었다.

정년퇴직 후에는 가르침의 삶에서 이제는 배우는 삶을 살아야 하겠다고 생각하여 서예, 숲 해설, 웰다잉, 컴퓨터, 자서전 쓰기 등에 관심을 가졌고 또 배우기도 했다. 지금은 이러한 제반 활동들을 정리하고 사진들을 컴퓨터에 정리하고 있는데 지나온 내 삶의 발자취를 주제별로 정리해서 자서전으로 묶어 본다. 서툰 글을 다듬어 준 매제에게 고마움을 전한다.

2017 가을에

여기창

차 례

2/장 꿈을 향해 한 발짝

3/장 남자 선생님, 여 선생으로 교단에 서다

4장 퇴직은 또 다른 시작

5/장 호영 베드로로 살아가기

1장

가화만사성

나의 유년시절

태어난 시기가 나라를 잃은 일제 강점기 말엽, 태평양 전쟁으로 살기가 더없이 어려운 때였다. 곡물, 놋그릇 등 전쟁 물자로 사용될 만한 것은 모조리 공출로 빼앗아 갔다. 이후 광복과 6.25사변을 거치면서도 민초들의 어려운 생활은 계속되었다. 장밭에는 20여 가구가 옹기종기 모여 있었는데 우리 집은 동네 안쪽에 있었다. 지금도 그때를 떠올리면 골목을 누비던 친구들의 모습이 하나둘 아련히 떠오른다.

봄철에는 소나무의 새순인 송구나 찔레나무 새순의 껍질을 벗겨서 먹었다. 또 감꽃을 실이나 볏짚 회기에 끼워 말려서 먹기도 하고, 새벽에 낙과인 생감을 주워서 물에 담가 삭혀서 먹었다. 우리 집에도 큰 돌감나무가 한 그루 있어서 매년 감을 많이 수확하여 곶감도 깎고 홍시를 곳간 장독에 넣어 두었다가 겨울철 할아버지께 드리고 우리도 하나씩 맛있게 먹었던 기억이 난다. 그때에는 과자와 같은 군것질할 것도 없어 자연에서 나는 그대로를 먹었다. 어머니는 동네 분들과 같이 아침에 도시락을 싸서 가야산 자락으로 가 산나물을 한 보퉁이 뜯어서 머리에 이고 저녁 즈음에 돌아오시곤 하였다. 그 먼 길 무거운 짐을 머리에 이고 오시는 수고로움이 얼마나 크셨을까? 지금 생각해도 마음이 아파온다. 그때 비록 어렸지만 우리라도 마중을 나가 무거운 짐을 대신 받아 올 수도 있었는데 왜 몰랐을까 하는 안타까움이 든다. 아버지는 산에서 풀을 베어 벼논에 넣었다. 비료는 구하기도 어렵기 때문에 쓸 수가 없어서 유기농법을 사용한 것이다. 밭에는 똥장군으로 인분을 길러다 주어 거름으로 사용하였다. 그래서 그 시절에는 기생충이 많았던 것 같으나 무농약으로 농작물을 재배하여 신선한 먹거리로 건강에는 별 걱정이 없었던 같다.

양귀비를 심어서 검은 아편을 밤톨 만하게 뭉쳐 두었다가 배가 아프면 접시에 갈아 먹으면 아픈 것이 없어진다. 그래서 가정의 상비약으로 사용하였다. 목화나 삼(대마)을 집집마다 심어 길쌈을 하였으며 삼베옷을 지어서 입었다. 대마초나 마리화나라는 말은 들어 보지도 못했다. 그 당시는 양귀비나 대마가 마약이라는 사실 조차 모르고 기른 것 같다. 누에는 봄누에와 가을누에가 있어서 1년에 두 번 기른다. 누에고치는 공출을 하거나 골짜기에 숨어서 실을 뽑아 직접 길쌈을 하였다. 고치에서 실을 뽑을 때에는 어머니를 따라가 번데기를 얻어먹는 것이 그리 좋을 수가 없는 추억의 한 토막으로 기억이 새롭다.

여름철에는 양식이 부족하여 할아버지 상에는 쌀밥이 오르고 나머지는 꽁보리밥을 먹는 것도 감사히 생각해야 할 시기였다. 양식이 부족하여 콩죽이나 호박잎을 넣어 끓인 죽을 먹던 생각이 난다. 또 손칼국수를 자주 만들어 먹었다. 그리고 국수를 밀어 썰고 남은 꼬리 부분을 불에 구워 먹는 것이 재미가 있었다. 저녁에 모닥불을 피워 놓고 살평상에서 온 식구가 모여 먹던 모습이 생각나며 그 시절이 그립다.

동네 친구들과 종치골에 소먹이로 가서 감자무지를 하거나 밀과 콩 서리를 하면 입 주위가 시커멓게 검정이 묻는데 보고 서로 웃으며 놀던 기억이 새롭다. 친구들과 꼴(소에게 먹이는 풀)을 한 주먹씩 모아놓고 낫을 던져 멀리 가서 꽂히는 사람이 이기는 꼴 따먹기를 하였다. 한 번은 낫을 던지다가 오른쪽 장딴지를 찔러 상처 난 흉터가 지금도 남아 있다. 흉터를 볼 때마다 그때 생각이 떠오르며 천진난만하게 뛰어 놀던 그 시절이 새롭고 그 때의 친구들을 다시 만나 회포를 풀 수 있으면 좋으련만!

당시만 하더라도 고기 음식은 명절에나 먹을 수 있었는데 쇠고기나 돼지고기를 먹고 싶었지만 두드러기가 나서 나는 못 먹었다. 한번은 산토끼를 잡아왔기에 이건 괜찮겠거니 해서 먹었더니 마찬가지로 온몸에 두드러기가 많이 났다. 어머니께서 민간요법의 하나로 각성바지(성이 다른 집) 세 집의 통시(변소) 채의 짚을 뽑아서 불을 놓고 방 빗자루를 여기에 그으려 따뜻하게 한 뒤 몸을 문질러 주었다. 그리고 아랫목에 검은 치마를 덮고 누워 있으면 시원하고 두드러기가 없어졌다. 자라면서 체질도 변하여 20대를 넘기면서 귀 뒤쪽에 멍울이 생기다가 지금은 고기를 가리지 않고 다 먹을 수 있다. 지금도 모기에 물리면 피부에 반점이 크게 나타나고 견디기 어려울 정도로 가렵다. 그래서 여름철에는 답답하고 귀찮지만 방에 모기장을 치고 잔다. 화분에 물을 줄 때에는 모기 차단용 모자를 쓰고 밖에 나간다.

오랜만에 닭이라도 한 마리 잡으면 뼈는 할머니가 칼로 쪼아서 둥글게 만들어 큰 솥에 끓여 국으로 온 식구가 먹었다. 또 된장에 넣은 멸치를 서로 먹으려고 장난삼아 다툰 적도 있었다. 지금 이런 이야기를 손자들에게 하더라도 공감하지도 않을 뿐

어머니와 함께

더러 이해도 못 할 가난한 지난날의 이야기이다.

한번은 주둥이가 좁은 두루미에 동생 기조와 속에 든 감자를 꺼내기 위해 둘이 같이 집어넣었다가 손을 빼낼 수가 없어 울음을 터트렸다. 어머니가 당황하여 마을 앞, 밭에 계시는 아버지를 급히 불렀다. 아버지가 보시고 낫으로 두루미를 쳐서 깨트려 버렸다. 자식 다칠세라 단걸음에 쫓아가신 어머니의 심정이나 멀쩡한 두루미를 깨고라도 자식 손 온전히 지키신 부모님의 심정을 지금은 조금이나마 이해할 것 같다.

가을철 벼논에 물을 뺄 때 통발을 놓아 미꾸라지나 메기를 잡았다, 또 벼메뚜기를 잡아 볶으면 맛있는 고급 반찬이 된다. 벼 베고 난 뒤에 논우렁이가 들어간 자국을 보고 잡던 기억이 아련하다. 지금은 비료나 농약을 사용해서 구경조차 할 수 없는 옛이야기가 되었지만 말이다. 벼를 베어 소에 실어와 마당에 산처럼 수북이 쌓아놓고 수동식 탈곡기로 온 식구가 매달려 새벽부터 탈곡을 하였다. 어리지만 볏단을 옮기고 도와드렸던 기억도 난다. 요사이는 벼논에서 직접 탈곡기로 바로 탈곡을 하는데 격세지감이 든다. 곳간이나 마당에 뜸 뒤주를 만들어 보관하였는데 보기만 하여도 부자가 된 듯 기분이 든든해졌다.

겨울철에는 친구들과 삼(대마)의 제릅(삼의 줄기의 껍질을 벗기고 남은 흰색의 줄기)을 둥글게 엮어 통발을 만들어서 밤이 되면 초가집 처마의 참새 집을 쑤셔 참새를 잡았다. 또 디딜방앗간이나 헛간에 소쿠리를 막대로 괴고 곡식을 뿌려 둔 뒤 참새가 먹으러 오면 끈을 당겨 잡았다. 이렇게 잡은 몇 마리의 참새를 구운 것은 더없는 별미였다. 또 논에 물을 넣어 얼린 뒤 제방에 있는 철사를 끊어다가 썰매나 스케이트를 만들어 친구들과 어울려 놀았다. 집안에 날을 만들 철사가 없으니 제방을 구축해 놓은 철사를 끊어 썼다. 여름철 홍수라도 나면 둑이 터지는 큰 사고로 이어지겠만 철없는 어린 시절 장난삼아 한 짓이니 탓해 어찌할거나.

우리 집은 본채 3칸, 아래채에는 방 한 칸과 마구간, 곳간, 장고방이 있었으며 그 앞에 헛간과 통시(변소)가 있었다. 본채가 오래되어 큰방과 작은방 사이의 기둥은 밑쪽이 썩어서 넘어지지 않게 기둥으로 받쳐 놓았다. 이때에 흙벽을 바르기 위해 쌓아둔 모래에서 장난을 치다가 내가 삽으로 기조의 코를 건드려 난 상처가 지금도 코의 우측에 있는데 볼 때마다 지금도 미안한 마음이 든다. 나중에 대실에서 한옥 기와집(4칸 겹집)을 헐어 옮겨와 새로 지었다. 집 재목을 옮기는 과정에서 마지막으로 소달구지에 주춧돌을 싣고 다리가 없던 대천 내를 건너다가 아버지가 소달구지에서 떨어져 바퀴에 치었는데 기조가 급히 소를 뒤로 물려서 사고를 모면했다. 그렇게 지은 집이 당시에는 장발에서 처음 보는 기와집이었다. 이 집은 대천리 81번지였는데 훗날 72번지 당숙의 집을 사서 이사해 현재에 이르렀다.

할배를 그리워하며

과거에는 자식 중에 아들이 없거나 적자嫡子가 아닐 경우 대代를 잇기 위해 근친 간에 양자를 두었다. 아들 중심의 봉건적인 사고에서 비롯된 것이기에 현재는 볼 수도 없거니와 딸만 두거나 심지어 결혼을 하지 않는 경우도 있어서 양자를 둔다는 것은 옛날이야기가 되었지만 당시에도 이로 인해 당사자는 물론, 집안의 가정사에도 어려움이 컸었다.

할아버지는 증조부 22대 상한相翰의 3남 2녀 중 2째로, 함자는 순동順東(1883.11.23.~1973.10.10.)이시다. 큰할아버지 진동震東은 적자嫡子가 없어서 큰할머니의 원에 의하여 삼촌 광환光煥을 양자로 삼아 사여공 종중(15대 야의 후손)의 종손으로 하시게 되었다.

조부 순동(1883~1973)

하지만 삼촌도 후손이 없어 동생 기조를 양자로 보내게 되었다. 친동생이 촌수로는 2촌에서 6촌이 되었으니 아무리 양자 제도가 흔한 때라지만 형제지간에 이 무슨 운명이란 말이냐. 지금 같아서는 큰할아버지에는 서자庶子도 있는데 굳이 우리 형제 중에 양자를 삼는 것은 이해할 수도 없거니와 그렇게 되지도 않았을 것이다. 제일 큰집인 23대 창동彰東 할배가 종가宗家가 되어야 하나 객지에 나가 살기 때문에 고향에 계시는 큰할아버지께서 종가로 활동하게 되었다.

할아버지는 재산도 물려받지 못하고 결혼하여 이웃으로 살림이 났으며, 옥산 장씨 할머니는 일찍 돌아가시고 순흥 안연술(1895~1931) 할머니는 3남 2녀를 두시고 37세에 돌아가시니 밀양 박순천(1890~1959) 할머니가 자녀를 모두 출가를 시키고 손자들을 돌보시시다가 70세에 돌아 가셨다. 박씨 할머니가 병환으로 누워 계실 때에 손이 퉁퉁 부어 고생한 것을 보았는데 지금 생각하니 신장이 좋지 않았던 것 같으며 병원에서 진찰 한 번 받아보지 못하고 집에서 돌아가셨다. 할머니 시신 옆에서 할아버지께서 슬피 우시던 모습이 지금도 기억에 선하며 위로의 말씀 하나 드리지 못하여 죄송스러운 마음 금할 길 없다. 할아버지는 거구여서 고무신을 시장에서 제일 큰 것으로 구하셨다. 청년 시절에 금릉군 조마면에서 인삼 농사일을 하시면서 삼을 드셔서 건강하셨고 평생 병원에 간 적이 없으시고 흰 수염을 쓰다듬으며 궐련을 피우시면서 담뱃대를 화로에 땅땅 치시면서 '손돌이 이리 오너라' 하시던 것이 엊그제 같은데 벌써 40여 년의 세월이 지났다.

80세 되시면서 꿈에 조상을 만나니 일찍 돌아가신다고 손부 보시기를 원하여 내 결혼을 재촉하시던 것이 눈에 선하다. 이웃에 좋은 규수가 있으니 선을 보라고도 권하셨다. 박씨 할머니가 돌아가신 지 14년 후 91세로 돌아가셨는데 증손자까지 보시고

조부님 회갑 기념

귀여워하시며 그렇게 기뻐할 수가 없었다. 귀가 어두워 큰소리를 하여야 들으실 수 있었으며 손부와 화투 치시는 것을 좋아하셨다. 내자가 꾸벅꾸벅 졸면서도 화투를 치고 이야기를 하던 기억이 아직도 선하다. 화투의 네 귀퉁이가 닳아서 헐어질 만큼 혼자서도 화투에 골몰하셨다. 바리캉으로 머리를 밀어 드렸던 기억이 무수한 세월이 흐른 지금도 선명하다.

관개시설이 좋지 않아서 논에 물 대기가 어려웠다. 특히 가뭄이 심할 때에는 다툼이 많아서 연로하신 할아버지께서 대가천에서 물을 끌어 뒷골과 큰 들에 논물을 차례로 넣어 주는 소임을 맡으시고 얼마의 삯을 받아서는 내게 용돈을 주셨던 기억도 잊을 수가 없다. 할아버지는 항상 장손인 나를 특별히 아끼셨는데 은공도 못한 것 같아 죄스러운 마음 금할 길 없다. 내가 교장 자격증을 취득하여 추석 성묘 때 할아버지 묘소에 바쳤는데 '우리 장손 장하다.' 하시는 것 같아 한결 마음이 흐뭇했다. 80세가 넘어서도 망태를 메고 들에 나가 밭일을 하셨으며 소꼴을 베어 오시는 것이 일상의 즐거움이셨다. 동네 사람들이 연세 많은 노인을 일하시게 한다고 해서 집에 계시라고 하여도 할아버지는 기꺼이 들에 나가시니 이것이 낙이요 운동이 아니었나 생각이 된다. 평생을 흙과 살면서 병원에 가신 적이 없이 건강하셨으며 돌아가실 때까지 편찮아 누우신 적이 없으며 증손자까지 보시고 돌아가셨으니 할아버지는 물론, 손자로서도 더없는 복이라 생각된다. 할아버지의 건강한 체질을 물려받았으니 우리 자손들도 오래도록 건강한 삶을 살기를 기대해 본다.

할아버지가 되다

둘째인 현태가 1999년 6월 13일, 서른둘에 결혼하여 바로 아기를 가지게 되었다. 유산기가 있다고 해서 걱정했으나 파티마 병원에서 조심하면 괜찮다고 하여 자연분만으로 출산을 기다리는 중에 예기치 못한 상태가 와서 응급 수술로 출산하였다. 모두가 걱정하는 가운데 2000년 8월 30일, 우리 집의 첫 손자가 무사히 태어났다. 직장 근무 중에 태어났다는 소식을 듣고 신생아실로 급히 갔더니 손자를 보여 주는데 똘망똘망한 눈과 귀엽게 생긴 모습의 손자가 태어났다는 기쁨에 감개 무량할 따름이었다. 산모도 건강하여 안도의 한숨을 쉬었다. 그렇게 태어난 손자는 황달기가 있어 곧바로 인큐베이터 신세를 지게 되었다. 1주일의 입원 기간 동안 신천동에서 산후조리를 하면서 젖을

정년퇴임 기념

모아 하루에 한 번씩 신생아실을 찾아가 잠시 얼굴만 보고 오는 아쉬운 시간을 보낸 뒤 드디어 아이와 함께 침산동 집으로 돌아갔다.

내자는 손자 '덕원' 이를 보기 위해 침산동까지 버스를 타고, 또 걸어서 매일 가서 목욕을 시켰으며 오는 길에는 그새 덕원이가 보고 싶어서 눈물을 흘린 적도 있었다고 한다. 덕원이는 낯도 가리지고 않고 잘 웃어서 주변 사람들의 사랑과 귀여움을 받으면서 무탈하게 자라서 첫돌을 맞이하였다. 덕원이의 첫돌이

내가 퇴직한 날과 하루 차이라서 덕원이 돌은 정년퇴직을 축하하는 의미도 되는 돌잔치를 열었다. 많은 친지들과 지인들이 모여서 덕원이의 첫돌을 축하하는 동시에 정년퇴임을 기념하는 분위기의 잔치가 되었다. 홍조 근정 훈장을 아버지의 목에 걸어드리고 사진도 찍으며 기뻐하였다. 또 처남들이 정년퇴임을 기념하는 행운의 열쇠도 준비를 해 와서 더욱 빛이 났다. 덕원이는 돌잡이에서 실을 잡아서 모두가 함박웃음꽃을 피웠으며 건강하게 오래 살기를 기원해 본다. 어릴 적에는 백화점이나 마트에 가면 아가씨들이 귀엽다고 서로 안아 주려고 했는데 이제는 여드름도 나고 훌쩍 커버려 머스마 티가 난다. 덕원이는 부모를 닮아 명절에 식구들이 모이면 집안에서 신장이 제일 크고 현재는 칠성고등학교에 재학 중이다.

덕원이가 5살 되던 2004년 3월 25일, 예쁜 손녀 '수미'가 태어났다. 딸이라서 '래미'(딸내미)라는 태명으로 불리던 수미도 제왕절개를 통해 우리에게 예쁜 모습을 보여 줬는데 역시 황달로 인해 바로 인큐베이터 신세를 졌다. 자기 오빠와 비슷한 과정을 거쳐 우리 곁으로 온 수미는 외할머니의 도움으로 신생아 시기를 무사히 보낼 수 있었고 너무나도 씩씩하고 건강하게 자라고 있다.

수미는 오빠와는 다르게 겁도 없고 씩씩해 섬머슴 같아서 매사에 호기심도 많고 건강해서 잠시도 가만 있지 않았다. 한번은 거실에 있는 텔레비전을 잡아당겨서 텔레비전 브라운관을 망가트리기도 하였다. 그러다 얼마 뒤 팔을 다쳐 깁스도 하고, 넘어져서 눈썹 부분을 꿰매기도 할 만큼 요란한 어린 시절을 보냈다.

이제는 손자, 손녀가 학원에도 다니고 제사에도 참례할 만큼 어엿한 중·고등학생이 되었으며 훌쩍 큰 키에 성격은 좀 급한 편이나 착하고 붙임성이 있으며 돌아갈 때에는 '할매, 할배 건강하세요.' 하면서 안아 주니 손자에 대한 기쁨은 말할 수 없이 크다. 앞으로도 건강하게 자라 사회에 봉사하는 일꾼이 되길 바랄 뿐이다.

쌍둥이가 태어나다

엄마가 되기 위해서는 잉태에서 출산까지 열 달 동안 오롯이 태어날 애기를 위해 자신의 온몸을 희생하면서 견뎌 내다가 출산의 고통까지 이겨내야 비로소 엄마라 불리게 된다. 그런데 큰며느리는 뱃속에 하나도 아닌 둘을 가지고 있었으니 그 고생은 배가 되었으리라. 산후 우울증도 겪었다 하니 얼마나 힘들었을까 가히 짐작이 간다. 하지만 2001년 8월 20일 귀여운 손자 둘을 얻었으니 그 기쁨은 두 배가 되었다.

1997년 1월 26일 장남 준현이는 31살에 결혼하였다. 그러나 3년이 지나도록 애기가 없어 시험관 시술을 하였으나 1차 실패하였다. 내자가 시술비로 오백만 원을 부쳐 주었다. 큰며느리는 한 번 시도해서 성공하지 못해 실망하고 쉬려고 하였으나 시모

귀여운 쌍둥이

가 돈을 부쳐 왔으니 내키지 않았지만 다시 시술하여 다행히 임신이 되었다. 초음파 검사를 하니 쌍둥이라고 해서 어떻게 하면 좋을지 상의해 왔다. 그래서 출산하면 한 명은 우리가 키우기로 약속하였다. 출산 시기가 임박해서 내자가 서울로 올라갔는데 쌍둥이가 태어나 조리원에서 10일간 있다가 형인 동원이를 대구로 데리고 왔다. 내가 8월 말에 정년퇴직하여 동원이를 교대로 보기로 하였다.

동원이가 방긋방긋 웃기 시작하고 옹알이를 하며 자라나는 모습을 보니 세상의 어떤 꽃인들 이보다 예쁘며 사랑스러울 수 있으랴! 집안에는 웃음꽃이 떠날 날이 없었으며 하루가 다르게 아무 탈 없이 무럭무럭 자라나니 그 기쁨을 어디에도 견줄 데가 없었다. 지금 생각해도 그때가 즐거웠고 가장 행복한 시기가 아니었나 싶다.

집이 주택으로 거실은 마루였으며 창틀도 나무로 되어서 보온과 방풍이 잘 안 되어 갓난애가 겨울을 지나기에는 어려움이 많았다. 생활을 좁은 이층으로 옮기고 일층 거실을 개조하였다. 기름보일러도 설치하고 이중 플라스틱 창틀로 하고 벽과 천정도 보온이 되게 아파트처럼 수리하였다. 수리 뒤 동원이가 마음대로 이 방 저 방으로 기어다닐 수 있어서 고친 보람이 있었다. 공사하는 동안 동원이는 그 모습을 신기한 듯이 쳐다보았으며 이웃집의 포클레인 작업하는 광경을 보고는 손으로 흉내 내며 할매 등에 업혀 펄쩍펄쩍 뛰며 좋아했다.

2002년 2월에 대서초등학교 1회 졸업생 모임인 '대일회' 에서 11쌍이 3박 4일로 제주도 관광을 가기로 하였다. 내가 총무를 맡고 있으니 안 갈 수도 없고 그렇다고 어린 동원이를 데리고

◀ 제주도 여행

▼ 동원 첫 비행기표

가기도 난감하였다. 어린애를 데리고 가는 것을 탐탁지 않아 하는 친구도 있어 고민하였으나 사정을 이야기하고 유모차를 가지고 같이 가기로 하였다. 밤에는 부부가 한방씩 사용하니 동원이를 데리고 자는데 어려움이 없었으며, 여미지 등을 관광할 때는 유모차로 이동하기에 힘은 들었으나 이것저것 보면서 즐거워하는 모습에 일행이 함께 웃을 수 있었으며 동원이를 서로 안아주려고 해서 출발 전의 걱정은 잊을 수 있었다. 지금도 손자 잘 자라느냐고 묻기도 한다.

저녁에 청구아파트에 놀러갔다가 내려오면서 동원이를 떨어뜨려 좌측 눈썹 부위에 상처가 나서 동산병원에 가 서너 바늘을 기웠다. 수술 중에 아프다고 울 때는 애간장이 녹아내리는 것 같았다. 상처 입은 곳이 눈썹 밑이라 볼 때마다 속상하고 미안했지만 큰 뒤 지금은 상처 흔적이 보이지 않아 얼마나 다행인지 모른다.

쌍둥이 손자 중에 동원이만 키우는 것이 고르지 않은 것 같아 추석에 가족이 모인 자리에서 동원이와 시원이를 바꾸기로 하였다. 헤어질 때 동원이는 할매, 할배하면서 안 떨어지려고 발버둥을 쳤으며 시원이도 엄마 아빠 같이 가자고 생떼를 쓰며 야단이었다. 일 년여의 시간이지만 키우고 따르던 정이기에 헤어지기가 이렇게 어려운지 손자들도 손자지만 큰 며느리도 울면서 서울로 데려갔다고 한다. 서로가 적응이 되지 않고 감기도 들어 2주 후에 다시 동원이는 대구에서 키우기로 하였다. 대구에 오니 할매 곁에 붙어 안심이 되었는지 품에 안겨 포근하게 잠이 들었다. 지금도 티 없이 맑게 자던 그 모습이 아련히 떠오른다.

늦가을에 아버지께서 무·배추를 뽑았으니 가져가라고 연락이 왔다. 내자는 부녀회 일로 출타 중이라 동원이를 데리고 고향에 갔다. 신천대로의 지하통로를 지나갈 때 가로등 불을 보고 불이 많다며 좋아했다. 차에 무·배추를 싣기 위해 시동을 거니 동원이는 자기를 버리고 가는가 싶어서 울어서 야단이었다. 그래서 앞좌석에 앉혀 놓으니 안심이 되었는지 가만히 있었다. 어린이용 시트가 없어 앞좌석에 앉히고 안전벨트를 매고 조심스럽게 운전했으나 몸집이 작아 급제동에 다치지나 않을까 대구 도착할 때까지 노심초사하였다.

2년 지난 후 추석에 동원이를 서울로 데려가기로 하였다. 헤어지기 싫어서 조손이 같이 눈물을 흘렸다. 떠나보낸 우리 내외도 상심이 컸으며 한동안을 웃음 없이 지냈다. 서울서도 낯설어 하는 동원이를 며느리가 안아주면 시원이가 샘을 내고 쌍둥이지만 형제가 서로 떨어져 있어서 친하지 못해 투정을 많이 부렸으며, 이 둘을 키우는 며느리도 스트레스를 많이 받았으리라 짐작되었다. 그 후에도 대구에 오면 동원이는 제집에 온 양 반가워했고 잘 놀았다. 음력설에 대구에 와서는 할매 품이 그리웠는지 포근히 잠이 든다. 밤에 잠자리에 들 때는 엄마 방으로 가니 대견스럽고 안도하는 마음도 있었지만 한편으로 할매 품을 떠난 것 같아 서운한 생각도 들었다.

쌍둥이를 키울 때는 힘이 들었으나 자라면서 서로 의지하고 둘이 같이 놀아서 엄마의 걱정을 덜어 주는 것 같아 안심이 되었다. 초등학교와 중학교에서는 항상 한반에 배정되어 반장을 교대로 하고 붙어 다녔다. 며느리는 학교운영위원이 되었기에 내가 "쌍둥이 덕에 출세했다."고 농담을 했다. 또한 초등학교 졸업식에 서울 가서 축하해 주어, 흐뭇한 정을 안고 기차에 몸을 실었다. 손자 3명을 품에 안고 찍은 사진을 보니 엊그제 같은데 벌써 이렇게 컸구나 싶어서 세월의 빠름을 절감했다. 내년 2월에는 중학교를 졸업하니 또 한 번 축하하러 가야 될 것 같다. 이제는 나보다 키도 훨씬 크고 매사가 기특하고 믿음직하다. 건강하고 올곧게 자라기를 바랄 뿐이다.

중학교 시절

이 글을 동원이와 시원이에게 보이니 자신들의 생각을 아래와 같이 적었다.

동원이

일단 엄마 아빠가 우리를 가지기 위해 얼마나 많은 노력을 기울이셨는지 알 것 같다. 아빠도 많이 고생하셨겠지만 뱃속에서 우리들을 품으시고 10개월 동안이나 있으신 엄마도 아빠 이상으로 고생하셨다는 걸 알 수 있었다. 공부를 열심히 해서 기쁘게 해 드려야 할 것 같다. 그리고 엄마 말씀을 잘 들어야 되겠다. 내가 태어나고 2년 동안 대구에서 살았다는 것은 알지만 그동안 무슨 일이 있었는지는 잘 모르는데 글을 읽고 조금은 알 것 같았다. 나 하나 때문에 집도 고치고 1년 후 시원이와 바꾸었다가 2주 후에 다시 바꾼 것을 보면 할머니와 할아버지의 사랑을 조금이라도 이해할 수 있을 것 같다. 또 내가 어렸을 때 대구에 참 정이 많이 들었던 것 같다. 그리고 2년간 키우다가 헤어질 때 할머니, 할아버지께서 얼마나 슬퍼하셨을지 머릿속에 그려지는 것 같다. 앞으로 전화라도 자주 드려야 될 것 같다. 이 글을 읽고 여러 가지 사실을 알 수 있었다.

시원이

이 글을 통해 부모님이 우리를 가지기 위해 많은 노력을 하셨다는 것과 할아버지와 할머니께서 우리를 위해 많은 노력을 하셨고 또 그만큼 우리를 사랑해주셨다는 것을 더욱 잘 알게 되었습니다. 할머니, 할아버지께서 형을 지극정성으로 키워주신 덕에 이렇게 형이 잘 자란 것 같습니다. 형을 위해 집을 리모델링하고 제주도까지 데려가 주셨으니 안 그럴 수 없었겠지요. 어쩌면 우리는 행운아였는지도 모릅니다. 쌍둥이로 태어났지만 할아버지, 할머니 덕분에 사랑은 외동아들 못지않게 받았으니 말입니다. 할아버지, 할머니 고맙습니다, 앞으로 형과 정답게 공부도 열심히 해서 기쁘게 사랑에 보답하겠습니다. 사랑합니다.

외손자와 만나다

정년퇴직 후 2002년 4월 21일, 막내 은미가 결혼한 후 일찍 임신하여 입덧이 심했다. 다니던 회사도 그만 두었으며 체중이 23kg이나 증가하여 남들은 쌍둥이 가졌느냐고 묻기도 하였다.

2003년 2월 15일, 3.5kg의 건강한 외손자 '박운호'가 태어났으나 모유도 잘 먹지 않고 밤낮이 바뀌어 애를 태웠다. 돌이 지나서도 걷지 못하고 기어만 다녀서 돌잔치에서 '빨리 걸어 다니고 건강하게 자라라.'고 격려한 것이 기억난다. 그런데 17개월이 되면서 걷기 시작하여 한시름 놓았는데 두 돌 후부터는 순하고 착한 외손자로 자라났다. 사돈이 편찮으셔서 '손자의 돌잔치는 보셔야 하는데' 하고 걱정을 하였으나 돌잔치를 보시고 그러고도 1년 후 세상을 하직하셨다. 군위 가톨릭묘원까지 가서 연도를 하고, 주님 안에 영원한 안식 얻기를 바라며 기도하였다. 한 분 뿐인 사돈이 일찍 돌아가시어 서운한 마음은 이루 말할 수 없었으며 홀로된 것 같아 영구차 안에서 내내 상념에 잠겼었다.

운호는 겁이 많고 행동이 느린 편이나 초등학교 4, 5학년에는 남부교육청에서 실시하는 과학 영재 학생에 선발되어 방과 후에 장성초등학교에서 교육을 받았으며, 학교 성적이 상위권에 속하니 기특하기 말할 수 없었다. 둘째를 갖기를 원했으나 한 번은 유산하고 병원에도 다녀 보았지만 소용이 없었는데 2008년 11월 27일, 튼튼한 3.4kg의 외손녀 '박근화'를 얻게 되니 더없는 자랑이었다. 아기 보는 것이 힘들었으나 순하게 잘 자라서 집안의 귀염둥이로 자라고 있다. 외손녀가 태어나지 않았으면 아기의 재롱도 못 보고 이로 인한 웃음도 그만큼 줄었을 것이니 얼마나 큰 행복이었나 생각해 본다. 손자들이 모이면 제일 막내로서 귀여움을 독차지하고 있다. 친할머니는 병환으로 세 돌 후에 돌아가셔서 조부모의 정을 모르고 자라는 것이 안타깝기도 한데 외할아버지이지만 내가 두 배 몫의 역할을 해야 할 것 같다. 지금도 학교에서 상을 받으면 외할머니에게 먼저 전화를 해서 상 받았다고 자랑을 한다. "근화 잘했다. 착하네." 격려의 말

오사카 관광

을 하곤 한다. 지금은 초등학교 3학년인데 지난 주일에는 "할머니 첫영성체를 하니 놀러 오세요." 초청했으나 본 성당에서 행사가 있어 참가하지 못하고 전화로만 축하했는데 마음 한 구석 미안함이 남는다. 식사를 할 때는 "근화 식사기도 해라."하면 "주님 은혜로이 내려 주신 이 음식과 저에게 강복하소서."라고 제법 잘하며 귀엽게 재롱둥이로 자라고 있다. 또 꽃에 대해 흥미가 있어서 나랑 꽃 이야기로 대화가 길어진다.

외손자들은 끈기가 있고 참을성이 있어서 학업성적도 우수하여 앞으로도 기대가 되는데 올곧게 자라서 사회의 역군이 되기를 기대해 본다.

부모님을 여의다

부모님은 한평생 흙과 함께 사시다가 흙으로 돌아가셨다. 평생을 어렵게 생활하시면서도 자식들만큼은 남부럽지 않게 키워야 되겠다는 일념 하나로 당신의 고생은 마다않고 사셨다. 여럿 자식들도 부모님의 그러한 바람에서 어긋나지 않도록 노력하였으며 덕분에 모나지 않은 삶을 살고 있다. 두 분이 미수에 가깝도록 건강하셨고 비록 만년에 사위 둘을 먼저 보냈지만 자식들 무탈한 가운데 외람되나마 아름답게 자식들과 이별할 수 있었으니 자식들로서도 부모님 은공에 감사할 따름이다.

아버지는 궐련을 하지 않으셨고 술은 조금만 드셔도 화색이 돌만큼 잘 못했지만 특별히 불편하신 곳 없이 건강하게 사셨다.

원터 가족

이웃에서 "어르신은 100세를 사시겠습니다."고 하시면 "별 소리를 다하네."라며 대답하시곤 하셨다. 돌아가시기 전 해까지 마을 앞 한길 가에 있는 경로당까지 매일 자전거를 타고 다니셨다. 집으로 오는 길은 오르막이어서 나도 자전거로는 끝까지 못 오고 넘어졌었는데 마당까지 오시는 아버지의 건강을 짐작할 수 있었다. 말년에 숨결이 가빠서 성주 보건소에 갔더니 목에서 쌕쌕하는 소리가 나서 대구 큰 병원으로 가라고 해서 평소에 다니시던 파티마병원에 입원하셨다. 폐활량이 부족하여 10일간 입원 치료를 하고 고향집으로 퇴원하셨다가 또 경과가 좋지 않아 응급실로 이튿날 입원하였다. 2인실에 입원하였다가 더 악화되어 중환자실로 옮겼는데 아버지 혼자서 병원을 찾아오셔서 완쾌하지 못하고 86세를 일기로 돌아가셨다. 병원에 좀 더 계시다가 완치된 후에 퇴원했어야 하는데 그렇지 못했고 또 퇴원 후에도 우리집에 모시고 와서 경과를 지켜봤어야 했는데 그러지 못한 내 잘못으로 인해 일찍 돌아가시게 한 것 같아 죄책감이 밀려오며 자식의 도리를 다 하지 못한 회한과 서러움이 지금도 여한으로 남는다.

계산성당 장례식장에 모셨다. 많은 분들이 문상과 연도를 해주셨다. 특히 계산성당의 교우 분들도 연도를 오셔서 무어라 감사의 말씀드려야할지 모르겠다. 많은 분들이 성주 장지까지 오셔서 하관예절까지 보시며 하느님 나라로 돌아갈 수 있도록 정성껏 연도를 하셨으며 마치 내 일처럼 맡아 주셔서 대사를 치를 수 있었었다. 상주로서 많은 감명을 받아 이를 계기로 위령회에 가입하여 고인을 위하여 봉사를 해야 되겠다는 생각을 하게 되었다. 현재 복자성당 위령회에서 선종하신 분을 위하여 주님의 영원한 안식을 주도록 연도를 하며 봉사활동을 하고 있다.

마을 뒷산(선산) 아버지가 정해 주신 양지바른 곳에 유택을 정하여 간艮로 모셨다. 장발에서 초우를 지내고 우제를 치른 다음 유택을 돌아보면서 편안히 계시기를 빌며 떨어지지 않는 발걸음에 눈물 머금고 떠나왔다. 나도 언젠가는 부모님 곁으로 가 저

준현 졸업식

세상에서 못 다한 자식의 도리를 다해야겠다는 다짐을 해 본다.

한 달 후에 토지와 대지는 삼형제에게 증여를 하고 남은 재산은 상속하기로 논의하였다. 뒷산은 9,000여 평으로 선산이면서 아버지를 모신 곳이기에 팔지 않기로 하였다. 뒷산은 나와 기학이가, 집과 나머지 토지는 기철이 명의로 넘기기로 형제간 원만히 합의하였다.

86세에 아버지가 돌아가시자 어머니는 혼자 고향에서 계시기가 어려워 넷째 동생 기학이집에서 기거하게 되었는데, 종종 저의 집에 오시면 심심하여 민화투를 치셨다. 내가 먼저 선을 하면 화투 8장을 판에 깔고 8장씩 나누어 가진다. 판에 비광이 있으면 비피로 치셨다. 한 장을 넘겨서 난초 열이 나와 바닥에 있

부모님 회갑 기념

는 난초 띠를 가져가면서 좋아하신다. 판이 끝나면 "너는 얼마 했노?" 하시며 계산을 하신다. 어머니가 난초 시마를 해서 삼십을 달라 하신다. 연세가 많으셔도 계산을 잘 하시는 편이다. 이기셨기에 돈 통에 있는 돈 10원을 드린다. 그다음에 이긴 사람이 다시 선을 한다. 한참 하다 보면 어머니가 "너 얼마 땄노?" "예, 저는 70원 땄어요." "어무이는 110원을 땄네요." "예, 어무이가 4판을 더 이겼습니다." 하면 어머니는 흐뭇한 표정이시다. "조금 더 할까요?" 라고 하면 "오늘은 고만하자." 이렇게 모자는 함께 시간을 보냈다. 그때 사용하던 10원, 50원짜리가 들어 있는 돈 통에 먼지가 내려앉아 장식장 한 구석을 차지하고 우두커니 서서 마치 그때를 잊지 말고 기억하라 한다. 그것을 보면서 5년이 지났지만 어머니와 함께한 지난 세월을 떠올리며 그리워한다. 그 후로는 화투를 만질 일이 없으니 함께하지 못한 어머니에 대한 애틋함은 더욱 커져만 간다.

93세 때 내자가 출타 중이어서 내가 상을 차리고 주방에서 설거지를 하니 '남자는 부엌일을 안 한다.' 하시면서 거들려고 하시기에 괜찮다고 하였다. 어머니는 항상 아들을 생각하는 마음은 변함이 없는 것 같았다. 어머니는 글자를 익히지 못해 읽을 수는 없으나 말씀은 잘 하셨으며, 아버지를 따라 천주교를 믿었으며 기도문을 잘 외우고 주일미사도 빠짐없이 다니셨다.

어머니는 평생 병원에 입원한 적이 없으셨다. 기학이 집에 계시다가 호흡이 곤란하여 칠곡 가톨릭병원에서 진찰하였더니 폐결핵이라고 하여 큰 병원을 권하였다. 그래서 가톨릭대학병원에 입원하여 정밀검사를 한 결과 폐암으로 판정되어 일반 병실로 옮겨 일주일 치료하였다. 의사선생님이 앞으로 6개월 정도 살 수 있으니 집에 계시다가 아프면 오라고 하여 우리 집으로 퇴원하였다. 내자도 양 손목뼈에 금이 가 깁스를 한 상태이지만 아버지 경우가 생각나 내가 집으로 모시고 와서 며느리 대신 밥상을 차려드리니 마음은 도리어 홀가분하고 흐뭇하였다.

다시 기학이 집에 계시다가 2, 3개월 후에 호흡이 곤란하여 가톨릭대학병원에 입원하였다. 산소마스크를 착용하였으나 호흡량이 계속 떨어졌다. 그래서 호스피스 병실에서 아버지 돌아가신 지 8년 만에 94세의 일기로 선종하셨다. '1년만 더 살았으면' 하시는 소원을 들어드리지 못하여 서럽고 애달파한들 하느님의 뜻인 걸 어찌 하겠냐마는 손자 현국 디모데오 신부가 연도하는 가운데 천여 명이 문상해 주셨다. 다들 장수하셨기에 복받은 노인이라 하지만 상을 당한 자식 심정이야 어찌 호상이 될 수 있겠는가?

선산에 쌍봉으로 모셨다. 두 분이 함께 계시니 저세상에서도 외롭지 않으시리라 믿는다. 고향집에서 초우를 지내고 저녁에 자식들이 모여서 남은 부의금은 '원터가족'의 기금으로 하고 매년 여름에 고향집에 모여 부모님의 은덕을 기리기로 하였다. 그 기금일부를 지원하여 2012년 2월 3일부터 3박 4일간 첫째 제수씨와 첫째 여동생은 사정이 있어 참석하지 못하고 다섯 명이 동남아로 관광을 떠났다. 낮에는 관광에 정신이 없지만 밤에는 올케와 시누이가 한 방에 모여 옛날이야기부터 손자이야기, 집안 살림이야기로 박장대소하면서 시간가는 줄 몰랐다고 한다. 서로 간에 정이 두터워지고 앞으로도 돈독한 우의가 이어졌으면 하는 바람이다.

문상 온 친구가 "너도 이제는 부모가 다 돌아가셨으니 고아가 되었다."고 농담을 한다. 돌이켜보니 이제는 자식으로서 의지할 부모가 없다. 더 오래 사시기를 기대했으나 아래로 동생들만 많이 거느린 고아 아닌 고아의 맏형이다. 부모님은 평소 말씀하시기를 "형제간 우애 있게 지내라." "선거에 나가지 마라." 등의 유지를 남기셔서 이에 따르려고 노력한다. 부모님 제삿날에는 7남매가 모두 모여 사진도 보며 정담을 나눈다. 항상 웃는 얼굴로 우리를 지켜보는 것 같아 고아이지만 외롭지 않다. 늦은 나이지만 부모님의 은공에 감사드리며 잊지 않으려 노력한다.

장모님의 아름다운 마무리

갓난 애기가 태어날 때 주위 사람은 웃고 본인만 운다. 세상의 모든 것을 가지려고 주먹을 움켜쥐고 태어나지만 죽을 때에는 가진 것도 챙기지 못하고 손을 편 채 빈손으로 죽는다. 역설적이지만 죽을 때 주위 사람은 울고 본인만이라도 웃을 수 있는 '괜찮은 삶' 이었으면 좋겠다. 공수래공수거空手來空手去라고 했듯이 빈손으로 왔다가 빈손으로 가는 인생, 베푸는 삶의 실천적 모범을 보이신 장모님의 아름다운 마무리를 되짚어 본다.

장모님(성주 도씨 기선)은 성주군 월항면 멍미에서 1921년 태어나셨다. 당시만 하더라도 여성교육은 언감생심 꿈도 못 꾸던 시절이라 동냥 글로 글을 익혔으며 글쓰기와 책읽기를 좋아하시면서 부덕을 쌓았다. 16세의 앳된 나이에 성주 이씨 가문으로 시집을 왔다. 귀먹어 3년, 눈멀어 3년, 말 못해 3년이라는 노랫말처럼 인고의 시집살이는 녹녹하지 않았다. 장인어른은 사랑방에 기거하는 별거와 같은 생활이었으며 메마른 정서와 어른들의 양반 의식에 부부의 정이나 사랑은 아예 모르고 살아온 삶이었다고 한다. 삼십 초부터 비롯된 장인어른의 이중생활은 일생의 옥쇄가 되어 가슴에 짓누르는 멍에를 남겼다. 그러나 소리내어 항변 한번 못하고 숨기고 감싸기만 하셨던 분이셨으니 애타는 그 속마음은 어떠하였겠는가? 그 누구에게도 터놓지 못한 삶의 애환을 새벽녘까지 호롱불 기름이 다 닳을 때까지 글을 읽으면서 달래셨다고 한다. 그때 익힌 글로 동네의 혼수지나 사돈지를 써 주기도 하셨다.

첫딸(내자)을 낳은 후로 7년 동안 태기가 없어 김천 수도암까지 30리 길을 걸어서 지극정성 기도한 끝에 신도 감읍하였는지 2남 1녀를 더 두었다. 60대 중반에 장성한 아들을 따라 고향을 떠나 대구에 오셨다. 제2의 삶을 경로당에서 덕망 높은 분으로 계셨으며 문밖을 출입할 때에는 반드시 머리를 손질하고 버선과 의복을 정갈하게 하신 후 나가셨으며 한 번도 흐트러진 모습이 없으셨다.

생각하지도 못한 사이에 찾아온 한얼교(한교)에 몸과 마음을

준현 대학 졸업식

의지한 장모님은 신의 한강처럼 마음의 안식처가 되었다. 강화도 마니산 참성단에서 법사란 이름으로 교리 삼매경에 빠져 장년층에 교리와 얼을 전수하는 것이 삶의 낙이었다. 설에는 참기름을 짜 두었다가 수하에게 주는 나눔의 모범을 보이신 분이다. 매일 경로당에 나가시다가 편찮아 누우신 지 17일 만에 89세를 일기로 이 세상과 하직하셨다. 그 과정을 큰처남 이우환이 기록한 것을 소개한다.

어머님의 임종기

아침이면 여느 공무원처럼 출근을 하시건만 오늘은 잠잠하셨다. 방문을 노크해 보니 누워 계셨다. 일평생 새벽 4시면 일어나시어 정화수 떠 놓으시고 기도와 묵상으로 새벽을 여시는 분이다.

"어디 편찮으십니까?"라고 여쭈었더니, "내 발이 퉁퉁 부었다."고 하신다.

인근 성심병원으로 모시고 가 진료하고 약을 지어 드렸다. 병원에서 혈압이 조금 있고 부종이 빠지면 괜찮을 것이라고 하였다. 그러나 부종이 빠지지도 않고 몸도 노곤하며 심경이 허약하고 거동하시기를 싫어하셨다. 아무런 통증이나 불편함은 없고 정신도 맑았다. 오늘만 쉬고 내일은 경로당에 나가야지 하시면서 4, 5일 지나자 기력이 쇠퇴하여 식음을 멀리하셨다. 당황한 우리는 큰 병원으로 가시자고 했더니

"아니다 나는 다 안다. 어디가 아파야 병원엘 가지 병원에 갈 일이 아니라 내 병은 내가 아니까 조상님도 다 만났다."

라고 극구 사양을 하신다.

그 다음날은 토요일이라 장손자인 규정이가 왔다. 오늘 아침은 어떠신지 배알하러 문을 열었다. "애미 오느라."고 불렀다. 힘없는 손을 끌어 잡으며 "내 다 안다. 니 애 묵것다."하시면서 "저쪽 문갑 밑을 열어 보거라."하신다. 언제 어디서 모으셨는지 구겨진 봉투가 여러 개 나왔다. 삼만 원, 오만 원, 십만 원짜리 봉투가 나왔다. 저쪽 가방을 가르키셨다. 거기서도 몇 개 나왔

다. 또 창호지에 돌돌 말아 싼 우체국 통장 하나를 규정이에게 건넸다.

"난 이제 내 몸에 금전을 징기면 안 된다. 다 털고 빈 몸, 빈손으로 가벼워야 된다."고 하셨다. "이제 난 말 다 했다."라고 하시며 수의 보따리를 가리키셨다. 그 속에는 노자 봉투가 있고 당신 몸을 수습할 때 먼 길 떠나는 몸을 닦으라는 손수 만든 옥양목 손수건이 있었다. 그 후 큰 숨소리와 함께 몸에서 끈적끈적한 진액이 나왔다. 온몸에 기가 빠지고 분비물도 배출하여 몸을 비우셨다. 맏며느리의 최후 수발로 조용히 황천길 극락행으로 향하셨다.

- 중략 -

이렇게 인생의 생로병사 중 나고 죽음이 가장 어렵다고 하는데 임종하면서 '아야' 하는 외마디 하나 없이 스스로 끝을 알고 가심은 평소의 수양과 기도를 가늠할 수 있으며 득도한 사람만 취할 수 있는 선인仙人의 모습으로 홀연히 가셨다.

장모님의 유언장을 소개한다.

현부야 잘 살펴보아라

순진하고 출중한 너의 효심, 장한 너의 자태, 세상 자랑 내 혼잔 듯 길이길이 이 날에 불화 없이 잘 보살펴 주고 노년기에 거

처 백부 묘소

월이나 금년이나 동일하며 보필해주는 은공은 무엇으로 다 형언할 수 없다. 현부야 너한테 부탁할 말은 내 영결종천 떠나는 길에 절에서 가져온 대다라니불경 수판 있는 곽 안에 입관 후 쭉 펴 놓고, 수의는 상하 구별할 때 속적삼 상이저고리는 원삼 안에 껴 있다. 찾지 말고 원삼만 펴 보아라. 또 손수건도 곽 안에 넣고 노잣돈도 내 손에 쥐었다가 쓰고… - 도기선 -

현부야 너한테 부탁한다

이 다라니불경은 내 임종 시 관 속 가슴에 길이대로 편안한 자세로 쭉 펴서 놓아 두어라.

우환 보아라

이 손수건 봉투는 엄마의 영원한 복의 길로, 구원 말이 떠날 적에 입관 안에 손수건 봉투를 꼭 넣어 다오. 온전하게 소유할 것이다. (우리가 결혼 할 때 신부가 손수 만든 손수건을 신랑 친구들에게 나누어 주었다. 이와 같이 저승에 계시는 조상님들에게 선물로 드리는 것으로 생각된다.)

영결종천 가는 길에 노잣돈이란다.

노쇠하고 거동이 불편하면 요양원에 보내게 된다. 시설이 좋은 곳도 있으나 대부분은 열악하기 짝이 없다. 요양원을 방문해 보면 한 방에 7, 8명씩 있고 침상이 다닥다닥 붙어 있으며 간병인 한 명이 하루씩 교대로 돌본다. 옷도 제대로 입지 못하고 기저귀만 차고 있는 분도 있다. 혹은 무명 끈으로 양손을 묶어 놓은 경우도 있다. 가족이 가면 집에 가자고 한다. 온전하지 않은 사람들과 같이 있으니 건강한 사람도 환자가 될 것 같다. 현대식 고려장이라고 할 수 있겠다. 자신의 노후 말년을 어떻게 보낼 것인가는 미리부터 자녀들에게 일러주고 준비해 두는 것도 좋은 방법이라 생각해 본다.

코끼리 같은 짐승들은 죽을 때가 되면 스스로 몸 눕힐 곳을 찾아가 생을 마감한다고 한다. 그래서 어디에서 죽었는지 알 수가 없다고 한다. 이를 자연사라고 하는데 사람도 고령으로 몸 조직이나 기관이 쇠락해서 사망하는 경우를 자연사自然死 혹은 노쇠사老衰死라고 한다. 장모님은 평생 병원에 입원한 적도 없으며 조용히 돌아가셨으니 이에 속하리라 본다. 특히 집에서 가족이 지켜보는 가운데 조용히 돌아가셨으니 행복하고 아름다운 생을 마감하셨다.

이 글을 쓰면서 언젠가는 나에게도 찾아올 마감의 때가 이와 같이 건강하고 행복한 아름다운 마무리(Well Dying)가 될 수 있을까 하는 걱정과 기대를 함께 하게 된다.

불청객과의 해후

술과 담배를 하지 않고 음식도 자극적인 것은 피하면서 적게 먹는 절제된 식생활을 하는 편이었다. 체격은 약하지만 크게 아픈 곳 없이 평소 건강하다고 생각했으나 위암에 걸렸다고 하니 당황스럽기 그지없었고 낙심과 큰 걱정이 밀려왔다. 친구들도 너는 암에 걸리지 않을 줄 알았다면서 걱정 섞인 위로의 말을 건넨다. 지금은 평정심을 찾았지만 발병과 치료, 그 과정을 술회해 본다.

2013년에도 2년마다 해 오던 건강검진을 건강관리협회에서 위 조영촬영을 한 결과 위암이 의심되어 2차 검진으로 8월 16일 위내시경을 하니 동전만한 혹이 있어 조직검사를 의뢰하여 위암으로 판정되었다. 위암이 아니기를 바라는 실낱같은 기대를 가졌으나 위암으로 판정되니 순간 돌에 머리를 맞은 듯 멍하고 하늘이 무너져 내리는 것 같았으며 별의별 생각이 다 들었다. 증상은 소화가 잘 안되고 더부룩하면서 속이 화끈거렸다. 마침 8월이라 더위를 먹은 것 같아 무더위 때문이리라 생각도 하였었다.

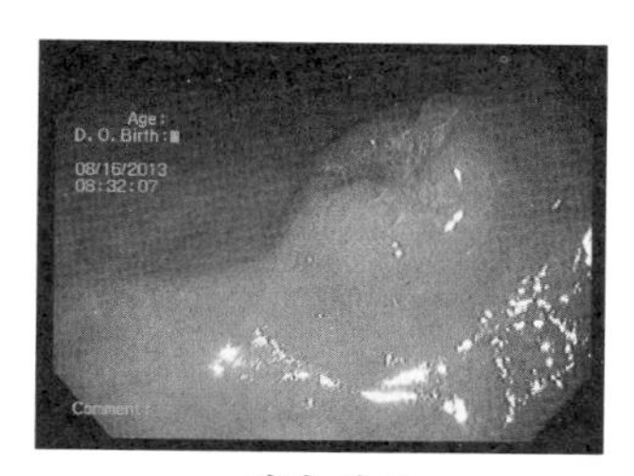

위암 선종

9월 1일 영남대학병원에 입원하여 이튿날 이시형 내과의사에 의해 위내시경으로 시술을 하고 2일 후에 퇴원하였다. 9월 11일 MRI 촬영하고 검진하였으나 암 조직은 발견되지 않았으나 선종을 제거한 자리가 조금 밑에 있어서 향후 암세포가 나타날 가능성은 2, 30%로 급하지는 않지만 수술을 하려면 하라는 의사의 권유였다. 몇 달만 일찍 왔으면 수술을 안 해도 되었을 것이라 한다. 정기검진을 보통 2, 3월에 하는데 이번엔 공교롭게도 늦어 후회스럽기 그지없으나 이미 때는 늦었다.

9월 19일 추석에 동생들에게 이야기하니 암이 분명하니 서울의 큰 병원에 가는 것이 좋지 않으냐고 하였으나 기조에게 연락하니 위암 정도는 종합병원이면 어느 곳에서 수술해도 관계없다고 하였다. 그래서 대구에서 수술하기로 결정하였다. 서울에 있는 병원에 갔더라면 돈은 돈대로 들고 고생도 많이 했을 것이기에 잘한 결정이라는 생각이 든다.

9월 26일 영남대학병원에서 수술을 하려고 했다가 현태 내외가 칠곡 경대병원으로 옮기기로 했다. 위암 수술의 전문가인 유완식 교수에게 예약하고 나니 다소 진정이 되며 홀가분한 기분이 들었다. 영남대학병원에서 CD와 모든 자료를 복사해 주었다. 매일 아침마다 하던 테니스를 마음이 안정되지 않아 중단하였다가 10월에 다시 시작하여 수술하는 하루 전까지 테니스를 하였다. 몸이 허약하여 영양을 보충하기 위해 식당에 가서 보신탕을 먹기도 하고 또 사서 집에서도 먹었다.

10월 7일 칠곡 경대병원 위암센터에서 다시 검사한 결과 영남대학병원과 같아 수술하기로 결정하였다. 1차 혈액검사에서 신장수치와 당이 조금 높아 신장 초음파검사를 하였으나 수술에는 별 지장이 없다고 하였다. 집에 와서는 입원하기 전에 많은 화분을 정리하고 수술에 따른 모든 준비를 하였다.

10월 21일 수속을 밟아 신장 164,1cm, 체중 55kg으로 혈압은 정상이다. 12:00에 미음, 호박죽, 음료수가 나왔다. 13:40에 포도당 주사와 기침 연습을 하고 복강경 수술로 결정되었으며 17:20에 알레르기 반응 검사를 하고 설사약을 복용하였다. 20:00에 면도와 관장을 하고 또 배꼽 청소도 하였다. 21:10에 흉부 촬영, 혈압, 체온을 측정하고 이후 절대 금식이란다.

10월 22일 새벽에 배변을 하고, 07:05에 혈압약을 복용하였다. 성경 읽기와 삼종기도를 하며 마음을 위로한다. 10:10에 병원 성당에서 수술 전 기도를 하며 한 번 더 마음의 안정을 얻는다. 12:30에 수술실로 이동하여서 17:30에 병실로 복귀하였으며 수술은 잘 되었다고 한다. 수술 전 동생과 제수씨들 그리고 자녀들이 모두 와서 마음이 든든하였다. 다행히 암 조직이 위의 아래쪽에 있어 2/3를 복강경으로 절제하였다.

10월 26일 미음, 계란찜, 두유, 물김치가 나와서 먹었으며 또한 음식을 조금씩 나누어 먹으며, 간식도 나왔다. 09:30에 방귀가 나와서 안도했다. 10:30에는 병원 내 성당에서 동천성당 신부님의 특전미사에 참례하여 하느님께 빨리 완쾌하기를 기도드렸다.

10월 28일 혈압, 체온 정상이고 06:00에 처음으로 배변을 보고, 09:00에 스테이플러로 찍어 놓은 것 같은 실밥을 제거하였다. 16:00에 퇴원이 결정되어 진료비 3,185,340원을 납부하였다. 입원 사실을 형제들 외에는 일체 알리지 않았다. 나중에 안 친구들은 알리지 않았다고 도리어 섭섭해 했다.

10월 29일 퇴원 후에 국민은행에서 사여공종친회의 정기예금(1천만 원)을 정리하고, 신한은행에서 연금도 인출하였다.

10월 30일 오후에 수성교까지 처음 걸었으며 녹두죽, 호박죽을 먹었다.

11월 4일 아직 수술 후유증으로 허약하나 사여공종친회를 주관하였으며, 수술한 것을 알고는 위로의 말씀을 다들 하신다.

11월 7일 유완식 박사께서 선종이 있던 주위에만 암세포가 몇 개 있고, 다른 곳에는 전이가 되지 않았다고 한다. 1기 중에도 초기에 해당된다고 하며 항암치료는 전혀 하지 않아도 된다기에 안도의 숨을 쉬었다. 또 위를 2/3만 절제하였으니 감사히 생각하며 음식을 조심하라고 한다. 특히 감, 곶감을 먹지 말라고 당부하였다. 맵고 짠 것 등 자극적인 음식은 피하라고 하며 하루에 6, 7번으로 나누어 조금씩 식사를 자주하기를 권하였다. 그리고 3개월 후에 혈액검사를 예약하였다.

11월 9일 처음 목욕하고, 반창고를 제거하고 그리고 밥 먹기를 시작하였다. 하루에 2~3번씩 배변(설사)을 보았다.

12월 11일 위액의 역류가 심하여 한민병원에서 진찰을 받아 약을 복용하였다.

복순이가 닭백숙을 했다고 초대해서 맛있게 먹고 풋고추 튀긴 것을 하나 먹었더니 매워 바로 뱉어 내고 물로 입을 헹구었으나 그 자리에서 전부 토해버렸다. 미안하기 그지없었다.

2014년 1월 22일 유완식 박사께서 혈액검사 결과 별 이상이 없으며, 음식만 조심하라고 당부한다. 이상이 없다니 감사할 따름이다.

3월 13일 저녁에 궁전식당에서 반모임을 한 후 동태탕이 나와서 덜 매운 살코기만 조금 먹었더니, 이튿날 속이 더부룩하여 아침을 조금만 먹고 점심도 먹을 수가 없어 한민병원에 가서 진찰하니 빨리 화장실에 가라고 하여 가는 도중에 전부 토했다. 간호사 보기에 민망하기 그지없었다. 매운 음식이 원인인 것 같다. 소화하기 힘든 것을 넘겼으니 위가 성이 났다 할까 보다. 저녁부터 먹은 것이 내려가지 못하고 위에 머물러 있었던 모양이다. 앞으로도 매운 음식에는 각별한 주의가 필요할 것 같다.

부부

10월 29일에 유완식 교수가 혈액검사 CT와 위 내시경 검사 결과 위 절제수술 1년 만에 경과가 좋으니 앞으로는 6개월마다 검진하라고 하니 한결 홀가분한 기분이 든다.

묘사나 나은공종친회, 재구종친회 참석이나 나들이 갈 때에는 국을 보온병에 넣어서 갖고 가지만 여타 모임은 식사 때문에 참석하기 곤란하다. 그러나 정기 모임에는 맵지 않은 음식을 별

도로 부탁해서 먹고 있으나 미안한 마음이 든다. 집에서도 음식에 각별히 신경 쓰고 있다. 음식 조절이 제일 어려운 것 같다. 수술 직후에는 체중이 7kg 정도 줄었으나 2년이 지나니 2, 3kg 회복되었다. 한번은 체중이 48kg까지 내려가서 내심 걱정이 심했으나 내자가 '늙으면 체중이 줄어든다.' 고 해서 서운한 생각이 들었다. 그리고 테니스를 하는 것은 내 나이에 무리여서 하지 않고 있으며, 범어 뒷산의 둘레길이나 신천 둔치를 1시간 정도 매일 걸으며 체력을 보강하고 있다.

수술 후 3년이 지나니 1년 후에 오라고 하여 한결 마음이 가볍다. 그러나 매운 음식만이라도 마음대로 먹을 수 있었으면 하는 욕심이 생긴다. 이 역시 과욕은 아닌지 모르겠다. 이제 체중도 정상에 가깝고 많이 회복이 된 것 같아 매사에 감사할 따름이다.

암 중에 위암의 생존율이 제일 높다고 한다. 그래서 농으로 '보링을 했다.' 고 말한다. 완치되고 나면 그전과는 다른 새로운 일상의 인생을 살아가기 때문이다. 때늦은 후회지만 이 글 읽는 분들은 꼭 2년마다 하는 정기검진은 반드시 제때에 받으시기를…

여 선생님

나는 성산 여씨 25대 손으로 태어났다. 평생 교직에 있으면서 남자인데도 '여 선생님'으로만 불리었다. 조상의 성이 여呂 씨라서 그런 것을 어찌하오리? 남南씨 성을 가진 여 선생을 만나면 위로가 된다고나 할까? 서로가 웃으며 위안을 삼는다.

부모님을 닮아서 약하게 태어났다. 또 네 발 달린 짐승 고기를 먹으면 알레르기가 생겨 먹지를 못했다. 그래서 키는 165cm, 체중은 60kg을 넘어보지 못했다. 항상 힘으로 하는 것은 뒤졌으며 앞장서기가 망설여졌다. 그래서 친구들한테 여女 선생 같다고 놀림도 받곤 했다. 태생이 그런 걸 어쩌란 말이냐? 조상을 탓할 수도 없으니 운명으로 받아들이고 모나지 않게 살리라 다

짐을 한다.

청송중·고등학교 재직 때에 공휴일에 학교에 전화를 해서 누구냐고 물었더니 "여女 선생인 돼요?" 해서 "나도 여呂 선생인데?" 하고 웃은 일이 생각이 난다. 포항여고에 재직할 때에는 선배 윤하달 선생은 술과 농담을 잘하는 화통한 성격이었다. 한번은 대구에서 친구들과 술좌석에서 "나는 포항에서 여 선생과 한방을 사용한다." 고 하였다. "애 거짓말이다." "진짜다." 하고 소리를 높였다. 그럼 "내기를 할까?" "좋다." 지는 사람이 오늘 술값을 내기로 했다. 윤 선배는 "여기창 선생과 한방을 사용하고 있다." 고 했다. 친구들은 웃으면서 "내가 졌다." 여 선생 때문에 술을 얻어먹었다고 자랑을 한다. "나 때문에 대구에서 술을 얻어먹었으니 오늘 한턱을 내야지." "좋다 오늘 저녁은 내가 쏜다." 그러나 성 때문에 이런 일이 일어났으니 실소가 저절로 나온다.

문중에서 유복지친有服之親에서는 항렬行列이 우선이고, 그 외에는 나이가 우선이라 한다. 돌림자가 기基자여서 문중 모임에 가면 항렬이 제일 낮고 대부분이 조항祖行 이상이다. 항렬이 낮으니 종중 모임에서 내 자신이 낮아지는 것 같고 참가를 미루는 경우도 있다. 그러나 계속 참여를 하니 이를 극복을 할 수 있었다. 항렬이 높은 분을 만나면 '아재' '할배' 또는 '대부님' 하고 부른다. 항렬은 높지만 나이 적은 분에게는 서로 곤란하여 상호 존대를 하게 된다. 나이에 비하여 젊게 보이고 항렬이 낮아서 늙지 않는다고 자랑스럽게 말한다. 항렬 때문에 대면을 꺼리는 것도 자격지심自激之心이라 여기고 의연히 대하리라 생각해 본다.

퇴직 후에는 종친회인 '성산회' 에도 가입하고, 묘사나 문중 모임에 적극 참여한다. 또한 '사여공종친회' 를 이끌며 동생들이나 조카에게 묘사나 종친회에 참여토록 주선도 하고, 조상의 은덕을 기리도록 애를 쓰고 있다. 묘사나 종중 모임에 연로한 분은 건강 때문에 참가가 어렵고, 젊은 사람은 종중에 대한 의식이 부족해서 점점 참가자가 줄어들고 있다. 앞으로는 종중 행사도 문제가 있으리라 생각되며, 개인주의가 만연하여 조상을 생각하는 마음이 더욱 멀어져 가는 것 같아 아쉬움이 남는다.

법원에 여呂가를 려呂가로 바꾸도록 신청을 하면 변경할 수도 있다. 그러나 구태여 변경할 생각은 없다. 오히려 이것 때문에 웃을 수 있었던 지난 세월의 추억이 아름답게만 여겨진다. 오랜 세월 함께 했던 수많은 제자들, 그리고 기쁨과 어려움을 함께 나누었던 많은 선생님들이 나를 여 선생으로 기억할 것이며, 이

성산회 경주 야유회

들과 함께한 지난 세월도 나와 그들 간의 공동 몫인 것을…. 이제 그들과의 함께한 추억들이 사소한 흔적에서도 뒤돌아보게 되고 추억의 잔상들이 일상에서도 주마간산처럼 눈앞을 아른거린다.

시집살이

내자가 2016년 2월, 2년마다 실시하는 건강 검진을 받았다. 1주일 후에 나오는 검진 결과를 보기 전에 간호사가 위내시경 검진을 새로 받으라 하여 며칠 후 위내시경 검사 결과를 보니 위 아래쪽에 위암으로 판명된다며 칠곡 경대병원의 유완식 교수에게 진료를 의뢰하였다. 나도 위암 수술을 한 지 2년 4개월 밖에 안 되었는데, 닮을 것이 없어서 이것마저 닮느냐고 위로 아닌 위로를 했다. 다른 사람에게는 내외가 같이 위암에 걸렸다고 말하기가 쑥스러웠다.

4월 18일 위 아래쪽에 생긴 궤양성 위암으로, 3기에 해당하니 복강경으로 수술할 수 없어서 개복수술로 결정하였다. 개복수술은 다소 복잡하지만 오히려 깨끗하게 처리할 수 있으니 괜찮을 것이라고 말하지만 걱정이 앞섰다. 입원해서 밤에는 간병인을 두고 낮에는 교대로 들러서 간호를 하다가 일주일 만에 퇴원하였다. 항암치료를 해야 될 것 같으니 암환자를 위한 요양병원에 입원하여 음식 조절도 하고 회복에도 좋다는 의견이 있었다.

5월 4일 수술 결과를 보니 2기 정도라고 하여 그나마 다행이라 생각되었다. 그리고 종양혈액(암)센터의 김종광 의사에게로 이관이 되어 항암제와 위장약 6종을 집에서 복용하고 항암제는 아침저녁으로 4주간 복용하고 2주를 쉬었다가 6주간을 주기로 치료하게 되었다. 치료와 간병이 복잡해서 암 전문 요양원에라도 입원할까 하다가 내가 매일 보면서 집에서 약을 챙기면서 치료하는 것이 낫겠다 싶었다. 그러나 약 복용이 무척 어려워서 구역질도 나고 견디기 몹시 힘들어 했다. 체중도 줄고 이도 부실해서 고기나 채소를 씹을 수가 없어서 소화도 더뎠다. 그래서 작은 며느리에게 이야기해 고기를 잘게 썰어서 요리를 했으나 이 역시 마찬가지였다. 체중이 줄어들어 전에 입던 옷은 모두 고쳐서 입었다. 영양을 보충해야 하나 그러지 못해 지켜보는 것도 안타까웠다.

8월 들어서 3주기에 체중이 떨어지고 음식도 맛이 없다고 하였더니 '하모닐란' 이라는 영양제를 하루 3번씩 처방하여 주었으나 역시 복용하기가 어려워했다.

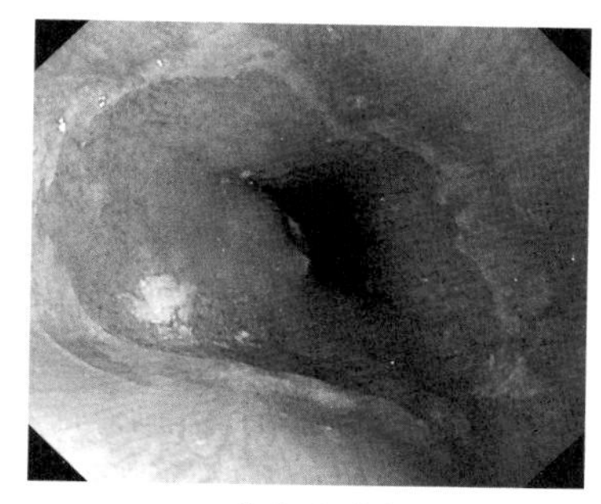
궤양성 위암

11월 5주기부터는 위장약을 제외하고 항암제만 4주간 아침 저녁으로 복용하고 2주 쉬었다가 병원에 가기로 해서 한시름 덜었으며 경과가 차츰 좋아지고 있어서 그나마 다행이었다. 기분은 좋았으나 음식을 먹고 나면 트림이 나고 신물이 계속 올라와 보는 것조차 힘이 들었다.

2017년 3월, 8주기로 항암제를 마지막 복용하고 체중도 조금씩 늘어서 감사할 따름이었다. 김종광 의사와는 기쁜 얼굴로 진료를 끝냈다. 이제는 줄였던 옷을 다시 늘려야 했지만 마음은 한결 가벼웠다. 4월에 위암센터 유완식 교수를 다시 만나서 그간의 치료 과정을 설명했다.

5월 말 채혈하면서 5분 후에 솜을 제거 했으나 지혈이 되지 않았다. 피가 나와 옷이 젖을 만큼 많이 나왔다. 간호사에게 이야기하고 알아보니 당뇨가 있어서 혈액 응고가 잘 되지 않아 그런 것이라며 앞으로도 세심한 주의가 필요하다고 한다. 그리고 위내시경 검사를 하는 중에 어제 먹은 음식 때문에 오후에 다시 검사를 받으라 한다. 아침부터 금식을 했는데 오후까지 굶어야

2017년 황매산 철쭉 구경

하니 지켜보기가 애처롭다. 5월 말에 결과를 보니 내시경과 CT 촬영 결과는 괜찮으나 혈액 검사에서는 빈혈기가 있으니 육류를 섭취하라고 권한다. 또 척추에 이상이 있어 허리가 아프니 무거운 물건 들 때에는 조심하라고 당부한다. 그리고 약 처방은 없고 6개월 후에 혈액과 CT검사를 하라고 해서 믿기지 않았지만 앞으로 음식만 조절하고 시간이 지나면 될 것 같아 한시름 놓았다.

위 절제수술 후 주방 일은 내가 맡아서 밥도 하고 며느리와 딸이 가져오는 반찬으로 상을 차렸다. 설거지하는 것이 귀찮다는 것도 해 보니 실감하겠다. 반찬은 만들 수가 없으니 느지막 인생에 요리학원에라도 다녀볼까 하는 생각도 해 봤다. 그러나 필요는 느꼈지만 남자가 늘그막에 요리학원에 갈 용기가 나지 않았다. 수목회 있는 분이 요리학원에 간다기에 알아보니 강좌가 없어졌다고 해서 다니질 못했다. 주방일을 맡겼으면 간섭을 하지 말았으면 좋으련만 그릇은 이것부터 씻어라, 국 냄비는 불을 꺼 놓고 떠라, 여름에 고무장갑을 끼고 하는 것이 어떠냐? 물을 많이 부어서 밥솥의 밥물이 넘쳐흐른다는 등 매사가 잔소리다. 밥을 할 때마다 물받이 통을 비워야 되는 것도 몰랐다. 눈치껏 보고 있으나 뜻대로 되지 않아 꾸중 아닌 꾸중이 다반사다. 밥을 한 뒤 반찬 정리는 내가 하고 내자는 국과 된장 등을 떠 함께 밥상 차리는 것도 손발을 맞추었다. 한번은 작은 며느리에게 너는 시집살이 안 했지만 나는 요즘 때 아닌 '시집살이'를 혹독히 한다고 넋두리를 했다.

1년이 지나서는 내자가 설거지를 하겠다기에 식사 준비는 함께하고 수시로 나도 설거지를 하고 있다. 내자는 성질이 급한 편이라 행동이 굼뜬 나를 지켜보지 못한다. 말하기 전에 생각하고 합당하다고 생각되면 했으면 좋으련만 천성이 급해서 잔소리부터 한다. 타고난 성격이 그런 걸 이제와 어떻게 하겠냐마는, 이를 탓하기에 앞서 늘그막에 서로 의지하면서, 도와 가면서 살아가기를 희망할 뿐이다.

2장

꿈을 향해 한 발짝

합숙훈련

어린 시절이 일제강점기와 광복, 6.25동란 등의 격변기였기에 정상적인 교육을 받기는 어려웠다. 광복 이듬해인 1946년 3월에 성주 대가면 대천1리(뒷골) 동사무소에 대가초등학교 대서분교가 설립되었다. 1학년 입학생은 나이 차가 다섯 살이나 났으며 70여 명이 모였다. 두 반으로 나누어 마루와 마당에 멍석을 깔고 수업하였다. 배광식 선생님은 열악한 환경임에도 교육에 대한 열의는 대단하셨다. 3학년 때에 대천2리 가교사로 이전했는데 임시교사이지만 흑판과 책걸상이 있으니 얼마나 좋아했던지 친구들은 신이 나서 복도를 뛰어 다녔다.

논을 운동장으로 만들기 위해 대천 냇가의 모래와 자갈을 책

대서초등학교 시절

보자기에 담아 막대기로 끼워 두 명씩 어깨에 걸치고 '개미의 역사'와 같이 옮겨 날랐다. 한길의 늙은 버드나무가 내려 보면서 꼬마 개미들을 응원하는 것 같았다. 그 덕에 운동장은 점점 모습을 갖추어갔으며, 우리들이 만든 운동장이라 얼마나 신나 했는지 몰랐다. 그리고 화단을 만들어 삼잎국화를 심어 여름이면 노란 꽃들이 교실 창문을 기웃거리며 웃는 것 같으며, 운동장 둘레에는 양버즘나무(플라타너스)를 심어 교정 모습을 갖추었으며, 현재 운동장 가장자리의 거목들이 그것들로, 작은 묘목이 아름드리의 큰 나무가 되었으니 세월의 장구함을 스쳐 지나칠 때마다 느끼곤 한다.

갱지로 인쇄된 교과서도 귀하게 여기면서 공부하였다. 1학년 교과서는 글씨가 컸으며 학년이 오를수록 작아졌다. 걸상에 앉아 허리를 꼿꼿이 세우고 팔을 쭉 뻗어 양손으로 책을 잡고 읽도록 자세를 배웠다. 지금 생각하면 책을 너무 가까이하여 근시가 되지 않도록 함이리라. 또 제대로 된 공책도 없었으며 재생종이나 한지를 묶어 사용도 하였다. 한지는 몇 장을 쓰면 앞장의 종이는 피어서 글씨를 알아볼 수가 없어 마음이 아리기도 했다.

검정 고무신이나 게다(일본 나막신) 혹은 짚신을 신고 다녔는데, 한번은 교육청에서 운동화 다섯 켤레가 지원되었다. 고만고만한 가정 사정들이어서 담임선생님이 가위 바위 보로 대상자를 선정했는데 뽑힌 친구는 좋아서 어쩔 줄을 몰라 했던 기억이 난다. 너무 좋아서 사람이 보면 신고, 없으면 들고 다니기도 하였으며 잠잘 때에는 가슴에 꼭 껴안고 잤다고도 했다.

겨울철에는 난로 땔감으로 집에서 장작을 가져오기도 하고 방과 후에는 인근 산에서 솔방울이나 고두베기(그루터기)를 주워 땔감으로 사용하였다. 그렇다고 불평하거나 거역함 없이 순종하고 따랐으며, 서로 경쟁하듯이 책보자기에 많이 담아 날랐던 기억이 난다. 그때가 그립고 그 친구들이 더욱 그립다.

최성택 선생님이 처음 발령을 받아 6학년 담임이 되었는데 열정이 대단하셨다. 중학교에 진학할 10명을 학교에서 방과 후에 늦게까지 공부를 시켰고 겨울에는 선생님의 대천1동 신혼방에서 합숙을 하였다. 아기자기한 신방이 우리들의 장난으로 난장판이 되었다. 큰방에는 할머니, 사모님, 어린 딸과 선생님이 기거를 하였는데 땔감은 각자 집에서 가져왔다. 그 당시에는 교사 봉급도 쥐꼬리만 했을 텐데 신혼방을 내주고 무보수로 지도한다는 것은 상상도 할 수 없으며 참스승의 본보기가 아닌가 생각이 든다. 어린 제자를 위하여 젊은 혈기로 열과 성을 다해 희생, 봉사하셨다. 선생님의 배려와 열성에 감사드리며 밤늦게까지 호야불을 켜고 공부하였다. 학교에서 공부하고 집에서 저녁을 먹고 어두운 곳을 혼자 가는데 무서워서 울기도 하였고 공부하다가 장난을 쳐서 선생님께 벌을 받기도 하였다. 선생님의 은공에 보답은 못할망정 철없이 말썽피운 것이 지금 생각해도 죄스럽다. 합숙을 하니 이가 많아서 화롯가에서 내복을 벗어 잡기도 하였던 기억이 새롭게 떠오른다.

중학교에 대한 정보가 없어 여러 명이 영남중학교에 원서를 작성하였다. 고종숙인 이종순(경북여고)이 와서 내 시험지를 보고 계성중학교를 추천하여 친구들과 함께 원서를 제출하였다. 가천초등학교에서 중학교 입학시험을 국가고사로 치르게 되었는데 합숙 훈련 덕분에 412점(만점 450점)으로 학교에서 최고점을 받았다. 멘탈테스트 교재의 덕을 많이 본 것 같다. 지금 떠올려도 선생님의 고마움에 새삼 감사함을 느낀다. 계성중학교에 입학 성적을 제출하기 위해 처음으로 대구행 버스를 탔다. 두려움이 앞서 밖을 보지도 못하고 밑만 보고 덜덜거리는 자갈길을 달려 대구에 도착했다. 당시만 하더라도 원대동에는 초가집도 있고 고층건물은 교회나 학교뿐이어서 대도시에 대한 기대가 컸었는데 실망도 되었다. 최성택 선생님이 돌아가신 후에 소식을 듣고 친구들과 사모님을 뵈옵고 위로의 말씀을 드리고 코흘리개 시절의 이야기를 떠올리니 어릴 적 제자들이 찾아주어 흥감하게 생각하였으며, 그 후에 다시 찾아뵙지 못하여 죄송한 마음 금할 길 없다.

대서초등학교 제1회 졸업생으로 총동창회를 조직하여 운영하였으며, 이제는 은퇴한 상태로서 후배들에게 물려주고 있다. 죽마교우竹馬交友들이 동기회 모임을 봄, 가을로 가지며 옛정을 나누고 있다. 또한 동기 중에 뜻있는 12명이 모여 '대일회' 를

대일회 대가천 야유회

조직하여 매월 첫째 토요일에 모임을 갖고 있다. 현재는 7명이 모여 고스톱을 치면서 오늘도 웃음꽃을 피우고 있으며, 이 모임이 오래오래 이어가기를 기대한다.

대구로 유학을 떠나다

1951년 가천초등학교에서 중학교 진학을 위한 국가에서 시행하는 선발고사를 시행하였다. 성주중학교에 진학하면 교통이 불편해서 하숙을 해야 하니 가정 형편이 여의찮아 대구에 혼자 계시는 숙모님의 배려로 계성중학교에 원서를 제출하였다. 합격자 발표는 두루마리 종이에다 성적순으로 발표하였는데 12번째로 합격이 되어 시골에서 자란 촌뜨기라 감개무량하며 그 기쁨은 말할 수 없이 컸다. 친구 배우승도 함께 합격했으며 부모님은 못 배운 것이 한이 되어 자식만큼은 공부를 시켜야 되겠다는 일념으로 가정 형편이 어렵지만 대구로 유학시켰으니 지금 생각해도 무엇으로 감사해야할지 모르겠다. 하숙비로 한 달에 쌀 두 말과 학비를 보내 주셨다.

계성학교의 본관은 육군병원으로 사용하였으며 가교사를 지어 교실로 사용하였다. 병원과 학교는 철조망으로 분리되었는데 동서남북 4개 반으로 나눴으며 한 반을 A, B로 구분했는데 나는 '남반 A'로 편성된 것으로 기억된다. 서남길 담임선생님 밑에서 1학기 동안 반장으로 지명되어 대구 출신 친구들이 나를 담임선생님의 친척이라고 의심하면서 놀림을 받은 기억이 떠오른다.

계성학교는 미국 북 장로교회에서 설립한 기독교 계열 학교이다. 그래서 교훈은 '주님을 경외함은 지식의 근본이다.(잠언 1,7)' 이며 학교에 목사(교목)가 있었으며 성경시간이 교육과정으로 편성되어 '바오로' 성인에 대해서 배운 기억이 난다. 통지표에서는 성경과목이 제일 앞쪽에 있었으며 일 년에 한 번씩 수양회를 개최하여 서문교회에서 가을에 3~4일간 6시, 10시, 18시 하루 3번씩 예배를 드리고 특강을 들었다. 느지거니 낯설잖게 천주교에 입문하게 된 것도 영육 간에 수양을 쌓은 이때의 인연 때문이 아닌가 싶다.

중 1학년 겨울에 눈이 많이 온 뒤 중·고등학교 전교생이 옛 영남중학교의 남쪽 대명동 허허벌판 구릉지로 눈싸움을 나간 적이 있다. 동·서 두 팀으로 나누었는데 고등학생 선배가 앞장

서고 우리는 뒤에서 강아지 모양 이리저리 뛰면서 마냥 즐겁게 놀았다. 승부를 가릴 수는 없었지만 오랜 세월이 흘렀어도 그때의 기억을 떠올리면 즐거운 시절이 연상되고 아련한 추억으로 남아 이것만으로도 충분히 행복하고 흐뭇하며, 호연지기를 기를 수 있는 기회가 아니었나 싶다.

고 1학년에 육군병원이 이전하고 본관을 교실로 쓸 수 있었다. 본관은 일제강점기에 붉은 벽돌로 지었으며 교실에는 보일러 시설까지 있었으니 건축 기술이 얼마나 앞섰는가를 짐작할 수 있었다. 학교 예산이 적어 교무실에만 석탄 보일러를 가동하고 교실에도 난방시설이 있으나 가동을 하지 못하여 지금 생각해도 안타까움이 남는다. 그러나 50계단을 밟으며 등·하교하는 것이 얼마나 자랑스러웠는지 모른다. 고등학교 진학할 때 기성회비를 내어 강당

계성고 강당 앞

과 교사 연구동을 신축하였는데 지금도 모교를 방문하면 당시 건물이 있어서 흐뭇한 생각이 들고 옛 기억이 새롭다. 또한 강당에서 임성길 선생님의 지휘로 신명여고와 함께 혼성합창단을 편성하여 발표회를 가졌는데 음악에 문외한인 나도 그때의 장엄한 분위기를 잊을 수가 없다.

고 1학년에 유도시간이 있었는데 권수보 선생님이 지도하셨다. 낙법을 연습할 때 쇄골이 골절되는 친구도 있었으며 나는 누르기를 하다가 입술을 깨물어 지금도 흉터가 남아 있다. 그리고 낙법 연습이 끝나면 대련을 하게 되니 긴장도 되었으나 기분도 좋았다. 유도시간이 4교시에 있어서 한번은 수업 후에 친구와 대련 연습을 하려고 준비 중에 갑자기 뒷다리 걸기에 걸려 그대로 뒤로 넘어지면서 머리를 바닥에 부딪쳐서 의식조차 가물가물하였다. 다른 반 친구가 유도복을 빌려 달라기에 주고 교실로 와서 책상에 엎드려 잠이 들었다가 깨고 보니 5교시 중간이었는데 머리가 아파 수업을 받을 수 없어서 선생님의 허락으로 잠을 잤다. 지금 같으면 병원에라도 갔으련만 머리가 아파도 참았다. 이튿날도 머리가 아팠으니 지금 생각해도 아찔하다. 그래도 후유증은 없었으니 천만다행이라 하겠다.

57년 3.1절 기념식을 위하여 고 1, 2학년 전원이 9시에 학교

성주 창천 방문

에 집합하여 종합운동장에서 많은 학생과 시민이 집합하여 기념식을 거행하였다. 허업 시장의 기념사와 손인식 씨의 독립선언문을 낭독한 다음 만세삼창으로 끝이 났다. 선두인 악대의 연주에 발맞추어 차가 없는 조용한 거리를 씩씩하게 행진하여 제일교회 앞에서 해산하였다. 현재는 공부에만 매달려서 이와 같은 호연지기는 느낄 수가 없으며, 애국심도 길러야 되지 않는가 하는 생각에 잠겨본다. 선열들의 독립정신을 이어받아 왜놈들의 악행을 되새겨볼 기회가 아닐까 한다. 일본은 일제강점기의 만행을 잊지 않고 독도가 일본 땅이라고 교과서에까지 수록하고 학생들에게 세뇌교육을 시키는 것을 볼 때, 아직도 일본을 가까이도 멀리도 할 수 없는 민족이라고 생각해 본다.

고 3학년 초에 성적이 좋지 않으니 공부에 전념하기 위해 수학여행을 포기하도록 학교에서 종용하였다. 점심시간 체육관에 모여 3,600환으로 2박 3일간의 수학여행을 추진할 것을 결정하고 농성하였다. 훈육주임을 비롯하여 몇 분의 선생님이 오셔서 교실로 들어갈 것을 지시하기에 할 수 없이 농성을 풀었다. 사실 수학여행을 간다고 하면 경비를 내지 못하는 학생들도 많았지만 학교의 방침 때문이어선지 수학여행을 못 갔기에 여행의 추억도 없으며 고등학교 졸업앨범도 없었다. 추억 어린 고교시절이지만 앨범 대신에 전학생과 반별 그리고 은사님들의 추억 어린 3장의 사진 밖에 없으니 지금 생각해도 아쉽고 안타까움이 크다.

10월 중순에 중 3학년부터 고 3학년까지 화물열차를 대절해서 금오산으로 소풍을 갔다. 열차의 출입문을 열고 구경하며 갔으니 바람에 날린 석탄재가 교복 주머니에 가득하였다. 30m 높이에서 떨어지는 대혜폭포의 물줄기 위세에 감탄하면서 깎아지른 벼랑길을 돌아서 고려말 '삼은' 중의 한 분인 야은 길재 선생이 도학에 전념했던 도선굴에 이르러서는 선생의 수양을 위한 열정을 느낄 수 있었고 멀리 구미시 전경을 바라보면서 산위에서 느끼는 호연지기를 키웠다. 기차가 한 시간 반이나 연착

계성고 3년 금오산 소풍

해서 구미역에 반별로 모여 마지막 홍을 달랬던 기억이 새롭다. 처음 기차를 탄 친구들이 많았으며, 나 또한 처음 느낀 기차여행이어서 그 운치가 말할 수 없이 홍겨웠다.

중 3학년에 1년 개근상을, 고 1학년 제1학기 실력고사에서 수학과 과학에서 1등상을, 고등학교 3년 개근상을 받았다. 자연계통에는 취미가 있었으나 어문학 과목은 성적이 부진했었다. 고등학교 1학년은 6학급으로, 60명의 학급 정원이 보결생을 합하면 70여 명이나 되었다. 요즘의 30명 안 되는 교실에 비하면 그야말로 콩나물 교실이었다. 시험 시간표가 발표되면 1주일간은 오전 수업만 했다. 중·고등학교가 오전 오후로 나누고 학급을 둘로 분반하여 자리를 배정하고 감독 선생님은 학생의 줄을 바꾸어 앉히는 방법으로 고사부정을 예방하였다. 고 1학년은 평균 55점 이하인 30명을, 고 2학년은 58점 이하인 50명을 유급시켰다. 그래서 3학년에는 학급당 인원이 60명이 채 되지 않았다. 많은 학생을 보결로 모집하고 또한 유급생(낙제생)을 만드는 것은 지금 생각하면 상상도 할 수 없는 일이며, 정의사회 구현에 역행하였던 시대였던 것 같다.

고 3학년은 실력고사를 3회에 걸쳐 치르고 이것을 기준으로 진학지도를 하였다. 그래서 서울대학교를 비롯하여 대학 진학 결과는 좋은 편이다. 난 동급생 341명 중 15%안에 들었던 것 같다. 최고점은 371점에서 최저64점으로 전 과목 성적을 공개하였으니 지금 같으면 학생 인권을 침해하고 개인정보를 공개하는 것이어서 감히 생각지도 못하는 일이겠지만 그때는 그런 의식 없이 행해졌으니 세태의 변화와 인권의 신장에 새삼 놀랄 뿐이다.

특별활동으로 생물반에 가입하여 온실에서 화초를 키우는 것을 좋아했다. 이러한 활동이 계기가 되어 진학도 사범대학 생물과로 한 것 같다. 달리 생각하면 교사의 역할 면에서는 사범대 수학과가 더 중시될 수도 있었겠지만 생물과로의 진학에 긍지를 느끼며 지금도 이를 자랑으로 생각한다.

졸업 25주년을 맞아 모교 방문 행사가 있었는데 이를 계기로 계성 45회 동기회를 조직하였다. 회장을 중심으로 동기회 사무실도 마련하여 동창들에게4 연락을 하고 친구들 소식도 전하고 있다. 재경 동기회와 함께 금강휴게소와 영덕 등에서 만나 옛정의 쌓인 회포를 나누었던 기억이 새롭다. 현재 동기회가 분기별로 30여 명의 친구들이 모여 지난 추억을 되새긴다. 또한 교직에 근무했던 28명의 친구들이 '계성 45회 사우회' 를 결성하여 현재도 17명이 홀수 달 둘째 월요일에 모여 정담을 나누고 있다. 회장과 총무는 1년씩 윤번제로 하고 있으며 한 번씩 맡은 뒤 두 바퀴째 돌고 있다. 오랫동안 건강한 가운데 회우를 풀 수 있기를, 그 우정 변치 말고 지속되기를 기대할 따름이다.

첫 월급

'58년 사범대학에 입학하였다. 가정형편이 여의찮아 아르바이트를 하려고 하여도 마땅한 일자리가 없어서 가정교사 자리도 구하기가 어려웠다. 가정교사는 학생 집에서 숙식을 하는 경우와 저녁 시간에 학생을 지도하는 경우가 있었는데 나는 학교 수업이 끝나는 저녁에 지도할 수 있기를 희망하였다.

숙모님의 친정 조카인 시호준의 이모부인 한씨 댁을 소개 받아 오후반으로 가게 되었다. 동산파출소 옆에서 보금당이라는 금은방을 운영하고 있으며 집은 대신동에 있는 한옥이었다. 당시 일반 가정에서는 볼 수 없었던 독일제 제니스라디오가 있었으며, 전화기도 있는 부유한 가정이었다. 전화기를 자물쇠로 잠

가정교사 시 제자

겨 놓아서 돈을 주고 빌려 쓰던 시기였다.

식구는 중 1학년인 상찬이 밑으로 순찬이, 동생 영아, 조카 등 많은 식구가 함께 생활하고 있었는데 내가 맡은 학생은 수창초등학교 5학년인 순찬이와 남선알미늄회사 사장 딸인 장후남, 두 명을 가르쳤다. 순찬이는 오랫동안 가정교사의 지도를 받았기 때문인지 타성이 붙어서 자발적으로 할 수 있는 능력이 부족했으며 모든 일에 수동적이고 하나하나 챙겨주어야 하기 때문에 어려움이 많았다.

한번은 순찬이가 자연과목 시험에서 91점을 받아 반에서 1등을 했다고 자랑을 했다. 나도 오랜만에 마음이 흐뭇했다. 부모님도 과외 덕분이라고 기뻐하셨다. 저녁식사 중에 담임선생님이 와서 순찬이가 자연과에 1등을 했다고 축하해 주었다. 나보고 순찬이에게 칭찬을 하였으니 잘 가르쳐 보라고 부탁을 한다. 영아는 산수에서 60점 맞은 시험지를 갖고 와서 잘 가르치지 못해 그런 것 같아 부모님 볼 면목이 없었다.

이들을 지도하고 과외비로 일만 환을 받았는데 기대치에는 미치지 못했으나 생전 처음 내 노력으로 받은 돈이니 표현할 수 없을 정도로 가슴이 뿌듯했다. 한번은 시험기간이라 새벽 3시경에 깨워 달라고 해서 깨웠더니 30분만 더 자겠다기에 그냥 두었다가 4시 10분경에 깨웠더니 괘종시계의 종을 소리 나지 않게 해 놓고 다시 눕기에 어린 것이 안쓰럽기도 해서 5시에 깨웠더니 그때는 일어나 공부하면서 꾸벅꾸벅 졸았다. 나는 6시 반에 순찬에게 수련장 숙제를 내 주고 세수를 한 뒤 대봉동 집까지 걸어와서 아침 등교할 준비를 했다.

'59년 12월 16일, 종강한 뒤 대학 구내 이발관에서 170환을 주고 이발을 하고 오후에 순찬이 집에 갔다가 수창초등학교 2학년 영아와 3학년 옥남이, 6학년 순찬이 담임과 차례로 상담을 하였다. 모두가 성적이 별로 향상되지 않았다는 이야기를 듣고 과외를 계속해야 하나 회의를 느끼며 무거운 발걸음으로 돌아왔다.

겨울방학이라 아이들은 집에서 마냥 놀고 있으니 공부하기 싫어하는 아이들을 붙들고 시키려니 어려움이 많았다. 다음날 일제고사가 있어 순찬이는 담임선생님에게 배우러 간다고 해서 나는 괜히 못 믿어하는 기분 같아서 언짢았다. 담임이 수시로 반에서 부유한 가정의 4명을 선정하여 지도를 했다. 그때만 하더라도 선생님은 과외를 하면 봉급보다 더 많은 보수를 받던 때였다. 부모님도 담임의 지도를 내키지 않아 했으나 어쩔 수 없이 한 모양이었다. 한 학생을 한 번은 가정교사가, 한 번은 담임 선생님이 지도하니 학생도 혼란스러웠을 것이다.

한번은 어제 공부한 비슷한 산수 문제를 만들어 시험을 봤는데 어렵지도 않은 문제를 건성으로 풀어서 틀리기에 화가 치밀어 자로 손바닥을 몇 차례 때렸더니 순찬이가 '가르치기 싫거든 그만 두세요. 때리기만 하고' 하기에 어처구니가 없어 나도 '너 같이 공부 싫어하는 애는 처음 보겠다.' 면서 야단으로 맞장구를 쳤다. 얼마 지나서 울음 그치고 '이것 좀 가르쳐 주세요.' 하며 다시 다가왔다. 가르쳐 주고 저녁 9시 반경에 집으로 돌아왔는데 내내 울적한 기분이었다. 나중에 순찬이는 경북여중에

경북대 졸업 기념

합격을 해서 그래도 노력한 보람을 느낄 수 있었다.

이듬해에 대봉동 앞집 친척인 초등학교 6학년 서일교와 친구 1명을 소개받아 서씨 집에서 지도하기로 하였다. 두 명 다 가정교사는 처음이라 순진하고 학습 열의도 높아 잘 따라주었다. 학생의 아빠가 은행원이어서 앞으로 은행원이 꿈이라고 했다. 수당을 받는 과외활동이지만 매일 쳇바퀴 도는 생활을 반복하니 싫증도 나고 당장 '62년 대학 졸업생에 대한 국가고사가 있어 마무리를 하지 못한 채 1년 후배에게 부탁하고 가정교사 생활을 마감하였다. 그 시절에 가르친 학생이 훌륭하게 자라 지금은 같이 늙어가는 노년일 텐데 어떤 삶을 사는지 궁금하고 당시의 학창시절이 아련한 추억으로 남는다. 하지만 이때의 경험이 나중에 사범대학을 졸업하고 학교에 부임해 교직생활을 하면서 학생들을 대하는 교사의 태도와 기법, 교직관에는 큰 경험이 되었으며, 이들과의 관계는 후일 대학시절을 회상할 때에는 추억의 한 모퉁이를 곱게 단장하고 있다.

1일 파출소 근무

1960년 정·부통령 선거가 있었다. 대통령 후보인 조병옥 박사가 병으로 서거하고 결국 이승만 박사가 당선하였다. 그리고 부통령 선거는 후보로 장면과 자유당의 이기붕으로 경쟁하게 되었다. 1960년 2월 28일 수성 천변(지금의 신천 둔치)에서 장면 부통령 후보의 유세를 하는데 수많은 사람이 모여 인산인해를 이루었다. 나도 참석하였는데 유세 중에 고등학생들이 데모한다는 사실을 알게 되었다.

2월 28일은 일요일인데도 장면 후보의 선거 유세장 참가를 막기 위해 대구시내 8개 공립 고등학교는 학생을 등교시켰다. 학교별로 온갖 핑계를 삼아 일요일 등교를 강행한 것이다. 어린 학생들마저 정치의 희생양이 된 것이다. 하지만 그날 등교한 학생들은 학교의 지시에 따르지 않고 자유당의 불의와 부정을 규탄하는 집회를 열어 궐기했고 교사들의 만류에도 불구하고 학교를 뛰쳐나왔다. 이로 인해 숱한 학생들이 경찰에 연행되는 고통을 받았고 교사들도 방치한 책임을 추궁 받았다. 2. 28의거는 광야를 태우는 한 알의 불씨가 되어 들불처럼 번져나가 3.15 마산의거, 4.19 학생의거에 이어서 4월 26일 이승만 대통령의 하야로 이어졌다.

4월 18일 서울에서는 대학생들이 시위를 마치고 귀가하던 중 갑자기 정치 깡패들이 연장 무기로 학생들을 기습하여 많은 학생들이 다치고 사망 사고까지 생기는 이른바 '고대생 기습사건'이 일어났다. 결국 이로 인해 4.19혁명이 일어나는 계기가 되었다. 4월 20일에는 경북대학교에서 수백 명의 대학생들이 모여서 4열로 대오를 지어 북문을 통해 대구역에서 대신동으로 행진하면서 '부정선거 무효'라고 목이 터져라 외치면서 도청(현 경상감영공원)에 집결하여 만세 삼창을 했다. 행진에 경찰 진압은 없었으며 오히려 도로의 시민들은 박수로 응원했다.

대구 시내가 무정부 상태로 치안이 부재되어 이를 보완하기 위해 대학생들을 파출소 별로 7, 8명씩 선발하였는데 나는 동산

파출소에 배정이 되었다. 파출소가 양아치들의 습격을 받아 엉망이 되었고 정복 입은 경찰관이 피신하는 상황까지 이르렀다. 그래서 학생들이 치안을 담당하게 되었으며 경찰관이 사복차림으로 뒤에서 도왔다. 지나가는 어른들이 수고한다고 격려해주며 음식물도 가져오는 분이 있어 근무하면서 뿌듯한 사명감도 들었다. 술 취한 사람이 찾아와 행패를 부리면 설득해 귀가시키기도 했다. 그리고 대학생 2명과 사복한 경찰관 1명이 한 조가 되어 순찰을 돌면서 치안 유지에 힘썼다. 밤 12시 이후 통금 시간에도 자유롭게 다닐 수 있어서 으쓱한 기분도 있었으나 모든 사람이 잠든 사이 가로등 없는 어두운 골목길을 랜턴으로 비추면서 순찰을 하였다. 무엇이 나타나지 않을까 하는 두려움도 느껴졌으나 치안에 일조한다는 사명감으로 일할 수 있었으며 치안이 안정되어 이튿날 학교로 돌아 왔다. 이러한 경험 탓에 지금도 경찰의 노고를 조금이나마 이해할 수 있다.

이틀 후에 의성에서 이상한 징후가 보인다하여 학교에서 버스 한 대를 대절하여 갔다. 한 여관을 본부로 정했는데 나는 본부에 남고 나머지는 의성경찰서로 가서 동태 파악을 했으나 의성 읍내는 조용하고 특이사항이 없었다. 대학생들이 와서 시내를 뒤지니 오히려 민심이 술렁이는 것 같았다. 하룻밤을 지내고 별 소동이 없어서 학교로 철수하였다.

경북대 1년 시절

4월 26일 이승만 대통령이 하야하였으며, 경북대학교에서는 박사 학위를 가진 유일한 분인 고병관 총장님도 물러나고, 1962년 2월 25일에 졸업을 하였으나 총장, 학장 모두가 학사학위 밖에 없어 내 학위증에는 총장과 학장이 학사 누구로 기록되어 있다. 지금 같으면 흔한 것이 석·박사인데 그때는 대학에 박사 한 명이 없었다니 웃지 못할 일이다.

앞으로 우리 역사에 3.15 부정선거와 같은 비민주적 행태나 이로 인한 혼란이 두 번 다시 되풀이되지는 않겠지만, 또 그런 과정을 겪었기에 오늘날 우리나라가 민주화되고 선진국 반열에 이르렀는지도 모르겠지만 1960년 2월 28일은 대한민국 정부 수립 후 대구 시내 8개 고교생들이 일으킨 최초의 민주화운동이기에 이를 국가 기념일은 못되더라도 국사 교과서에 수록해 그 의미가 계승되었으면 하는 희망을 가져본다.

당번 생활

1961년 5.16 군사정변 직후 병역 미필자는 모든 공직자 발령에서 제외되었다. 나 역시 62년 2월에 사범대학을 졸업하였으나 군 미필로 발령이 나지 않았다. 그래서 친구 손기완과 함께 자원입대키로 하고 영주에서 정원 외로 충원되었다. 62년 4월 5일 논산훈련소에 입소하여 2개월간의 훈련소 생활을 거쳐 병장으로 64년 12월 5일 만기 제대하였다.

논산훈련소 28연대에 입소하여 군번 10993834을 받았고 손기완은 바로 내 앞 번호인 10993833을 받았는데 이규력과 함께 같은 소대로 편성되기를 원했으나 가로 세로 나눠져서 각자 다른 소대로 배정이 되었다. 훈련소에 입소하면서 삭발을 하는데 훈련병이다 보니 이발기로 대충 밀어버리고 만다. 군모를 쓰니 뒤쪽 머리카락은 마치 처삼촌 벌초한 모양으로 마냥 긴 머리카락이 삐져나와 있었다. 그리고 훈련병에게는 이가 많아서 가슴과 등에 DDT를 뿜어 준다. 그래서 이가 아래로 모여 털어 낼 정도로 많고 무척 가렵다. 손기완은 나를 찾아오다 도둑으로 오해받아 얻어맞았다고 지금도 푸념을 한다. 훈련을 마치고 목욕을 하는데 비누칠을 한 뒤 기관병이 물통을 '들어' 하면 물통을 들고, '떠' 하면 물을 떠서 몸에 붓기를 두세 번 하면 그걸로 목욕은 끝이다. 동작이 굼뜬 친구들은 비눗물도 다 헹구지 못한다. 목욕 중에도 제반 규율을 어기면 벌거벗은 몸으로 기압을 받기도 한다. 보충대에서는 또 쥐잡기를 했는데 쥐를 잡을 수가 없어 오징어 다리를 그슬려 쥐꼬리를 만드는 경우도 있었다. 지금 입대하는 젊은이들이 들으면 이해도 안 되겠지만 상상 밖의 일이 부지기수로 많았다. 이러한 훈련과정도 시간이 지나면서 익숙해졌는데 구보도 처음에는 짧은 거리조차 힘들었으나 몇 주 지나니 구보만큼은 자신이 생겼다.

전반기 훈련을 마치고 보충대에서 자대 배치를 받기 위해 대기하고 있었는데 나는 부산 EBD(공병기지창)로 12명과 함께 배정되었다. 손기완과 헤어지게 되어 서운했다. 그래서 내가 갖고 있던 얼마의 돈을 나누어 주었는데 기완이는 지금도 그때를 고

운전병과 함께

마워한다. 공병기지창에 도착해서 보직을 받는데 대학 졸업자는 나 혼자라서 서무계 조수로 있게 되었으나 창장실에 근무하던 부관(김중위)이 나를 창장실 당번으로 데리고 갔다. 창장실에는 중위인 부관 1명과 사병으로 3명이 근무했는데, 그중 한 명은 창장숙소에서 근무한다. 주된 업무는 전화를 받고 손님이 오면 차를 대접하는 것이었다. 속옷을 찬물에 씻어 입고 회의 탁자에서 잠을 자니 간부회의 때 탁자에 이가 있었다고 꾸지람을 들었다. 지금 생각해도 창피스러운 일이다. 공병감(소장)이 부대를 시찰하고 돌아가면서 내게 수고했다고 칭찬을 하니 보람을 느꼈는데 군에서 상급자 특히 장군이 사병에게 칭찬을 하는 것은 흔한 일이 아니기에 공병감의 인품이 새롭게 느껴졌다. 그때에는 커피는 없고 보리차를 끓여 드렸는데, 한번은 단전이 되어서 전기풍로로 물을 끓이는데 불을 끄지 않고 외출했다가 주전자 밑바닥이 다 녹아 없어진 경우도 있었는데 잘못하여 불이 나지 않아 다행으로 생각된다. 같이 근무하던 서울 출신 선임자 김 상병과 처음으로 해운대 온천장으로 놀러 갔었는데 비누로 머리를 감고 부대에 와서 보니 머리카락에 방울방울 때가 맺혀 있어 놀림을 받으며, 민물로 다시 감은 기억이 새롭다. 이등병 시절에는 일병만 봐도 움츠리게 되나 영관급을 주로 상대하는 당번으로 있다 보니 그런 두려움은 없었다. 선임병과 함께 외출하여 늦게 귀대할 때에는 점호도 열외였으며 후문 초소에 있다가 들어오곤 했던 기억이 지금도 아련히 떠오른다.

창장실에는 미군 고문관 책상이 있었는데 근무한 적은 없으나 전화기만 있어 주한 미군부대, 육군본부, 시외 교환소 등 전국 어느 곳이든 다이얼로 바로 통화할 수 있었다. 육군본부에서 전통이 오면 잘 들리지 않아 고문관 전화로 다시 걸어서 전통을 받았다. 그 당시 군에서는 손잡이를 돌려서 신호를 보내는 자석식 전화기였는데 통화품질이 낮아서 통화가 잘 되지 않았는데,

한국보다 몇 십 년이 앞선 미국의 선진 통신기술이 부러웠다.

부산 공병기지창은 6.25때 군에 필요한 공병 자재가 선박으로 해상을 통해 들어오는 곳으로, 지금은 대전으로 이전하였다. 부산 대현동의 창 본부에는 자재창고와 부속시설이 있었으며 부대 뒤쪽에 내빈 숙소와 홀이 있어 외부 손님을 접대하였다. 내빈 숙소는 당시 사용하지는 않았으나 그전에는 호화로운 생활을 하였음을 시설로 짐작할 수 있었다. 가야창에는 경부선 옆에 위치했는데 공병대에 필요한 대부분의 자재창고가 있고 철도가 있어 직접 전국 공병대로 보급하였다. 거제창에는 탱크, 차량 등을 수리하고 폐기하는 곳이었다. 과거에는 가야창에 근무하면 사병이라도 서면의 술집에서 외상이 된다는 말이 있을 만큼 비리가 만연했다. 부대 주변에 초소가 있어 돈을 받고 몇 분만 눈감아 주면 밖으로 자재를 훔쳐간다고 한다. 자재 창고에는 6.25때 기자재의 반출입이 정확하지 않아서 '먼저 보는 사람이 임자' 라는 말도 있었다. 제대할 때에는 무능한 사병도 양복 한 벌은 장만해 간다고 웃으며 이야기를 한다. 그러나 근무할 당시에는 모든 것이 정비가 되어 창고장을 기피한다는 말도 있었다.

창장은 고참 대령으로, 나중에 장성 진급하는 자리였다. 부창장실에 당번으로 근무하던 대구가 고향인 이전문 병장이 전역

공병창 전우들

하여 내가 그 후임으로 근무하게 되었다. 부창장은 고향이 충청도인 고참 대령으로, 전에 창장도 역임한 김제규 대령이었는데 전역을 얼마 남기지 않았다. 부창장실에는 부관이 없고 당번만 근무했다. 위병소에서 부창장님이 오신다고 연락이 오면 현관에 나가 마중을 하고 퇴근할 때에는 출발하였다고 위병소에 연락해 준다. 나는 부창장실의 모든 업무를 담당했다. 부창장이 퇴근할 때 지프차로 같이 퇴근해서 대현동에 있는 사택으로 간다. 운전병과 같이 저녁 식사를 하고, 초등학교 6학년인 맏딸(김정순)의 가정교사를 하였다. 반에서 성적이 상위에 속하고 착해서 말을 잘 들었다. 대학 다닐 때 초등학교 6학년을 가르친 경험이 있어서 지도에는 별 어려움이 없었는데 덕분인지 정순이는 명문 부산여중에 합격하였다. 또 남동생(김리석)도 1년 차로 6학년이 되어 주로 수학과 자연을 가르쳤다. 반장도 하고 명석해서 성적이 상위에 속하고 설명하면 이해가 빨랐다. 리석이도 그 후 경남중학교에 합격하였다. 앞으로 의사가 희망이라고 하였는데 지금은 어떻게 성장하였는지 궁금하다.

부창장 사택에서는 돼지를 키웠는데 퇴근할 때 식당에서 먹이를 가져와서 먹였다. 검소하게 살면서 퇴직 후를 준비하는 것 같았다. 나는 2년간 과외와 잔심부름 등 완전 무료봉사하였다고나 할까? 그 때문에 나는 항상 휴가증을 소지하고 다녔다. 그래서 외출은 언제나 자유롭게 할 수 있었다. 운전병은 이 병장으로, 같은 계급이었으며 강원도가 고향이고 결혼도 하였다, 지프차 뒤에 붙은 기름통에 휘발유를 넣어 부대 밖에서 팔아 그 대금을 가정으로 붙이곤 하였다. 간혹 주말에는 헌병이 잠복하다가 휘발유 파는 것을 적발해서 이를 빌미로 돈을 받아 가곤

하였다. 군에서 사용하는 휘발유는 착색하여 사회로 나가는 것을 방지하였다. 군 생활 동안 내무반 생활은 하지 않았고, 창장실에서 잠을 잤다. 총은 지급되었으나 사격은 한 번도 하지 않았으니 군인이면서도 군인 같지 않은 생활을 하였다.

언젠가는 외출해서 계성고 동기인 신인재(거창 대성중 교사)와 사범대 동기인 이명자(가정과 거창여고 교사)가 한집에 하숙하는 곳을 방문해 같이 영화도 보고 일박을 하고 귀대하였다. 그것이 인연이 되어 두 분은 결혼을 했고 혼수함도 내가 지고 갔었다. 지난 추억이지만 돌이켜 보니 그때가 그립기만 하다. 인자하신 친구 어머님의 모습이 아련하게 떠오른다. 그 후 어머님을 다시 뵈려 간다는 것이 여의치 못해서 지금도 아쉬움으로 남는다. 계성고 동기인 이건식의 형수가 부산역 앞에서 담배 점포를 했는데 몇 번 방문해 신세를 진 일이 있다. 또 초등학교 동기인 박기선의 형이 송도에 살고 있을 때 방문한 적도 있다. 지금도 그때를 생각하면 신세진 빚을 갚지 못한 것이 미안하고 죄스러울 뿐이다.

제대한 뒤 3개월 만에 결혼했는데 부창장의 후임 당번병과 두 자매가 축하하려 와서 무척 반가웠다. 그러나 제대로 대접도 못하고 보내 미안할 따름이다. 세월은 흘렀지만 김정순, 리석이 남매가 훌륭하게 잘 성장하였으리라 믿는다. 어릴 적 모습이라 보고 싶지만 이젠 이네들도 장년이 될 만큼 세월이 흘렀다. 아련하지만 그 시절을 떠올리면 쌓이는 그리움만큼 추억 또한 아름다워서 흘러버린 세월이 마냥 무상치만은 않다.

사랑의 방정식

사랑의 방정식이라는 말이 있다. 인터넷에 검색해 보니 아인슈타인이 정의했는데 사랑의 방정식은 '$17x^2-16lxly+17y^2=225$'로 표현되어 있다. 도무지 이해가 안 되는데, 이를 그래프로 나타내면 x축과 y축에 나타낸 도형이 '하트' 모양이 된다고 한다. 그 모양도 지수에 따라 길 수도, 넓을 수도 있는, 여러 모양으로 나타날 수 있다. 사랑도 이와 같아서 개개인의 사랑 표현에 길이와 넓이가 다르다는 의미라 생각된다.

1938년 내가 태어난 후 2, 3년 터울로 8명의 동생이 태어났다. 어머니는 농사일에 바쁘시고 동생들도 많고 보니 일일이 돌볼 기회가 적었다. 그러다 보니 어린 동생들은 어머니의 보살핌이

청송 약수터 숙모님과 준현

많지는 않았다고 생각된다. 제대로 응석 한번 부려보지 못한 것 같다. 막내 고모는 나보다 9살 위이다. 고모가 어머니에게 '언니'라 하니, 나도 언니라고 따라 부르기도 했다고 한다. 아이들 앞에서는 찬물도 못 먹는다는 옛말이 있듯이 어른들의 언행 하나하나 본보기가 되니 매사에 조심해야 된다는 뜻이리라. 중학교부터는 대구로 나와서 혼자 계시는 숙모 밑에 생활했으니 숙모님의 사랑이 더 컸는지도 모른다. 그래도 대학 때까지 묵묵히 지켜주시는 어머니의 사랑에 비할 수야 있겠는가마는 어린 나이에 대구로 유학하여서 동생들과 함께 못한 어린 시절이 안타까울 뿐이다. 집안 형편이 넉넉지 못해 대학에 진학 후에는 매일 초등학생을 상대로 가정교사를 한답시고 시간이 부족해서 오붓한 내 시간 없었다. 동생 많은 맏이다 보니 철 이르게 의젓해야 했고 객지에서 혼자였기에 항상 부모님의 품이 그리웠지만 내색할 수 없었다. 간간이 집에 들를 때면 쑥쑥 커버리는 동생들의 모습이 매번 새로웠다.

할아버지께서는 내가 고등학교 졸업한 뒤 결혼해서 가사나 돌보지 가정형편도 어려운데 대학에 진학한다고 성화가 대단하셨다. 집안 결혼식에 다녀오시기라도 하면 손부가 보고 싶은지 어느 집안에 좋은 규수가 있으니 선을 보라고 다그치시기도 하셨다. 나중에는 결혼시킬 생각 없으니 아버지와 함께 집을 나가라고도 할 만큼 닦달하시기도 하였다. 대학에 진학하니 결혼에 대한 말씀은 없었지만 대학 졸업 후 군 복무 중에 지인의 권유로 초등학교 교장의 딸을 소개받기도 했으나 호감이 가지 않았다. 제대 후 같은 면의 부면장 딸을 소개받아 선을 봤으나 제대로 이야기도 못 나누었다. 시골이라 자주 보기 힘들어 정담 한번 나누지 못하고 혼약을 하였다. 무학초등학교 교장 사택에서 신혼 생활을 시작하였는데 그후 대구고와 경북여고에서 9년을 근무하다가 시골로 발령이 나서 10여 년간을 주말부부로 생활하였다. '자주 못 만나니 항상 신혼 같은 생활을 하였다.' 고 할까! 그래서 어린 3남매의 입학이나 졸업식에도 한 번 참석 못

삼남매와 함께

했는데 같이 놀아 주지도 못한 것에 항상 미안해했었다. 울릉교육청에 근무할 때에는 한 달에 한 번 정도 출장을 나왔으니 그래도 다행이었다. 돌아오면 동료들이 출장 턱으로 잔치 술을 내라고 성화여서 항상 부부가 함께 있는 울릉도 분들은 매일 잔치 술을 내야 된다고 맞받아 농담도 하였다.

수십 년간 부부가 함께 살아가면 왜 닮아 가는가? 부부가 함께 생활하면서 서로 대화하고 서로를 이해하는 과정을 계속하다보면 서로의 마음을 인정하게 되고 부부사이는 암묵적으로 닮아가며 동화되어 간다. 그래서 부부는 성격은 물론, 취향, 생활방식 등 모든 면에서 엇비슷하게 된다. 이렇듯 부부가 닮아가는 것은 그만큼 자신만의 것을 버리고 우리 것을 찾아가는 과정으로, 내 것을 양보하면서 서로의 합의점을 찾아가는 과정이기에 부부는 닮아간다고 생각된다. 그래서 5-3=2를 해석하기를 '5해(오해)가 아무리 커도 3번(세 번)만 다른 사람의 입장에서 생각하면 2해(이해)가 된다' 고 풀이하기도 한다. 또 2+2=4의 의미는 '2해(이해)하고 또 2해하면 4랑(사랑)이 된다' 고도 풀이한다. 가정의 의미는 '가정(Family)은 아빠(Father) 그리고(And) 엄마(Mother), 나(I), 사랑해요(Love), 당신들은(You)' 로 두문자頭文字를 풀이한다. 그래서 성경 말씀에 '네 이웃을 너 자신처럼 사랑하라.(마르 12,31)' 와 같이 항상 서로 이해하고 사랑하며 살아가는 것이 무엇보다도 소중하다고 생각된다.

3장

남자 선생님, 여 선생으로 교단에 서다

무학초등 졸업

전기가 들어오지 않아 물레방앗간(정미소)에서 밤에 발전을 하였다. 물레바퀴(水車)의 칸막이로 흐르는 물의 낙차를 이용해 발전하는 원리였다. 벨트(피대)에 이음자리가 있어서 돌아가는 속도가 고르지 않아 전구의 불빛이 밝았다 흐려지기를 반복했다. 제사 드는 집이라도 있으면 12시에 중단하던 것을 새벽까지 돌렸다. 다른 집이 전기를 끄고 혼자 켜 놓으면 전압이 높아 밝아서 좋으나 전구가 터지는 경우가 있었다. 지금 생각하면 불편하기 그지없지만 당시는 그렇게라도 전기를 쓸 수 있음에 얼마나 다행이었는지 모르며 마을의 큰 자랑거리였다.

학교 앞으로는 대가천의 상류로서 자연석이 그대로 있었고 오염되지 않아 물이 맑고 깨끗하였다. 양쪽에는 소나무와 단풍나무가 우거지고 선바위가 있어 경치가 더없이 좋았다. 해머와 반두로 민물고기를 잡아 회나 매운탕을 끓이면 그 맛이 일품이었다. 그 시절의 모습들이 아련히 떠오른다. 현재는 성주댐이 생기고 도로가 생기면서 교통은 편리해졌으나 그렇게 좋았던 경치는 많이 훼손되어 아쉬움이 크다. 삶을 편리하게 하는 개발도 좋지만 그보다 먼저 생각할 가치는 자연을 온전하게 보존하는 것이 아닌가 한다.

다음 학기에 6학년 담임을 맡으면서 가을 운동회를 준비하면서 4, 5, 6학년 남자 아이들에게 곤봉체조를 지도하였다. 곤봉을 살 여유가 없어서 각자 집에서 나무를 깎아 곤봉을 만들었다. 그렇게 열성으로 운동회를 준비했지만 정작 부임 13개월 만에 청송고등학교로 발령이 나서 운동회도 끝내지 못하고 떠나게 되었다. 함께 땀 흘리며 준비한 어린이들에게 약속을 지키지 못하고 헤어지게 되어 지금도 그때를 생각하면 미안하기 그지없다. 그때 6학년이었던 장환명은 현재 대구에서 중견 신부가 되었다. 태전성당 주임신부님으로 있을 때 동생들 내외와 함께 저녁을 초대해서 어린 시절을 회상하면서 정담과 옛정을 나누었다. 제자를 만나 지난 시절을 회상하는 것은 교직에 근무한 사람만의 특권이며 보람이라고나 할까? 반가우면서도 아련한 추억에 젖어서 돌이킬 수 없는 젊은 날을 회상하며 우수에 빠져 본다.

시범학교 운영

60년대에는 교육 여건이 좋지 않아 지역별로 학생 과학교실 및 시범 교재원 등을 선정하여 과학교육의 발전을 도모하였다. 그래서 지구 내 일선 학교가 실험·실습·관찰을 직접할 수 있도록 장을 제공하였으며 이를 위해 과학교사의 자체연수를 실시하였다.

1967년 경북교육위원회에서 청송중·고등학교를 시범학교로 지정하여 지도부, 과학부를 조직하여 운영하였다. 과학교실을 재정비하고 과학교구를 보완하였으나 재정이 열악하여 교재 확충에는 어려움이 많았다. 그래서 교재에 필요한 간이 실험기구를 직접 제작하였는데 지금 같으면 조잡스럽기 짝이 없다.

또한 두꺼운 마분지를 재단하여 대지로 하고 식물표본을 붙이고 비닐을 씌워서 관찰할 수 있도록 106종을, 강주중학교에 근무하던 김재현 선배를 찾아가서 어류와 해조류를 구하여 49점의 액침 표본도 제작하였다. 광물과 암석은 같은 종류를 여러 개씩 상자에 모아 30종을 제작하여 관찰 학습에 도움이 되도록 하였다. 또한 일상에서 보는 곤충을 채집하여 하나하나 전족展足과 전시展翅를 하고 고정시켜 17상자를 제작하여 학생들이 이를 직접 관찰할 수 있도록 표본을 만들었다. 당시는 흔히 보는 곤충이지만 지금은 농약 살포로 구경조차 어렵고 자연보호 차원에서 채집도 제한되어 있다. 당시를 회상하니 표본을 만드는 과정도 힘들었지만 결과물에 만족하며 보람을 느낄 수 있었다.

교재원을 조성하는 것은 도교육위원회의 중점 시책이었다. 교과서를 분석하여 각종 자료를 조사·제작하였는데 식물 분류는 경북대학교에 의뢰하여 검증을 받았다. 교재원은 수목 34종, 화초 52종, 잡초 84종, 약초 15종으로 조성했는데 학생들 가정에 있는 것도 약간의 보상비를 주면서 수집하였다. 학생이 이웃집의 약초를 가지고 와 주인의 항의를 받은 적도 있어 난처하기 짝이 없었다. 그리고 암석원과 지형파노라마에 대한 지식이 부족하여 과학 교재사에 의뢰하여 제작하기도 했다. 그러나 암석 분류에 관해서는 정확한 지식이 없어 제대로 되었는지 의구심

청송중 3년 학생과 함께

도 갔으나 현재까지 그때에 제작한 암석원이 유지되는 학교도 있다. 이를 통해 암석을 분류하고 관찰하는 능력을 학생들이 키울 수 있는 기회가 되었다면 그것만으로도 보람이라 하겠다. 특히 요즈음 경주 인근에서 지진이 자주 일어나는데 지형 파노라마가 학생들이 이러한 지형의 움직임을 이해하는데 도움이 되었으면 하는 바람이다.

초등학교 교사가 부족하여 고등학교 졸업 이상인 자를 자격증도 없이 임지로 발령을 하였다. 지역교육청에서 재교육하여 자격증을 발행했는데 그때 여름방학에 연수생에게 각종 기구의 사용법과 자연과 수업을 할 수 있게 지도하였다. 그중에 본교 졸업생도 있어서 반갑기도 하고 대견스러웠다. 열성을 다해 지도했는데 그 가르침이 아동들 지도에 도움이 되기를 기대해 본다.

중 3학년 담임을 맡아 수학여행 겸 소풍으로 국립공원 주왕산으로 갔다. 기암괴석이 어우러진 경치 좋은 곳에서 하루를 학생들과 보내면서 찍은 사진을 보니 지금도 그때가 생각나며 그 시절이 아련히 떠오른다. 호연지기를 키우는 기회가 되었으며 졸업앨범 사진도 촬영하고 저마다 뜻 깊은 추억이 되었으리라 생각된다.

청송중고 시범학교 발표 교육감 지도

1969년 6월 17일 청송·영양지구 학생 과학교실 및 시범 교재원 개원식이 있어 지구 내 과학교사와 교장들이 참석했다. 특히 김판영 교육감께서 직접 참석하여 격려해 주었던 기억이 난다. 2년 동안 그 과정을 밤낮 없이 준비한 학생들과 여러 사람의 도움이 고마울 따름이다.

1969년 10월 21일 경북교육위원회 제2회 표본 전시회에서 곤충 부분에 출품하여 특상으로 입상하여 본교에서 처음으로 수상하였다고 다들 칭찬이었다. 몇 년 뒤 학교를 방문하여 당시의 작품을 보니 나프탈렌도 갈아 넣고 습기가 차지 않도록 관리를 해야 하는데, 곤충은 온데간데없고 대부분 바늘만 남아 있었다. 안타깝고 실망스러워 담당교사에게 보완해 놓으라고 하였으나 실행 여부는 확인하지 못했다. 하지만 그 과정에서의 노력과 결과물을 통해 생물교과 지도에 보탬이 되고 활용되었으면 그것만으로도 보람이라 하겠다. 다만 오늘날은 입시교육과 교과지도에 급급해 생생한 현장교육과 체험교육의 매체가 되는 생물표본의 활용도가 점점 낮아지고 관심도 줄어드는 현실이 안타까울 뿐이다.

선행을 생활화하다

지금은 중학생의 생활지도가 더 어렵다지만 당시만 하더라도 고등학생의 생활지도가 힘들었다. 학생주임이 주축이 되어 생활지도를 엄하게 했던 것으로 기억된다. 사교육이 만연한 지금, 그 시절과는 학교교육에 대한 인식이나 역할이 크게 차이가 있지만 당시만 하더라도 학교교육은 2세 교육의 전부이자 절대적이었다.

1970년 4월 1일자로 생물과 선배인 김석엽 선생의 후임으로 대구고등학교에 발령을 받았다. 젊은 나이로 연구과 기획업무를 계속 맡게 되어 매년 연구주임이 교체되어 5명을 보필한 것으로 기억이 된다. '1일 1선一日一善' 운동을 전개하였는데 화랑

학급 활동 시간에 토의 주제로 1일 1선 구현 방법을 설정하여 학생들 스스로 토의하여 지난 1주일을 반성하고 참된 학생이 되기 위한 방법을 모색하였다. 1일 1선 카-드는 각 학급의 서기가 관리하며 통계 처리하도록 하였다. 학생 개개인이 하루에 한 가지씩 착한 일을 행한 후 항목별로 기록하도록 하여 선행을 권장하였다.

1일 1선 운동의 카-드는 30개 문항이었는데 몇 가지를 소개하면 ① 부모님께 효도하였다. ② 버스에서 책가방을 들어 주거나 자리를 양보하였다. ③ 청소를 스스로 하였다. ④ 형제간에 화목하게 지냈다. ⑤ 일찍 등교하여 교실을 청소하고 커튼을 정리하며 창문을 열어 환기를 시켰다. ⑥ 혼·분식을 하였다. 등으로 오늘날 학생들 시각에서는 고리타분한 내용으로 이해도 안 될 뿐더러 해석의 의미도 다르겠지만 당시 학생들이 지켜야 할 덕목이었으니 새삼 세상 변화를 실감한다 하겠다.

학생들의 생활지도에서는 사소한 것부터 시작하는 것이 중요하다. 화랑학급활동을 통해서 선행할 항목을 선정하고 실천하도록 하였으며, 선행을 많이 한 학생을 선정하여 매월 표창하고 전체 조례시간에 칭찬과 격려를 하였다. 그래서 점차 학생들이 흥미를 갖게 되었고 그 전보다 적극적으로 참여하게 되었다. 또

교칙위반 학생 수가 감소하였고 학생들의 언어도 욕설이 줄어들고 점차 순화되어 가는 것 같았다. 처음에는 별 관심 없는 학생들도 차차 수업 분위기가 좋아졌고 일찍 등교하는 습관을 갖게 되었다. 1974년도 경북교육청 장학자료 7집에 "정직과 진실에 바탕을 둔 교육 실천 사례집"에 본교의 선행 생활화가 수록되었다. 그래서 경북 도내 전 학교에 참고자료로 활용되어 학생 생활지도에 큰 도움이 되었음에 이를 시행한 당사자로서는 가슴 뿌듯한 자부심으로 남는다.

대구고 1년생과 함께

1학년 담임을 하면서 학생들에게서 느끼는 문제점 중 하나는 '경고병' 이었다. 대구고는 2차로 선발하니 1차로 경북고등학교에 지원했다가 탈락한 학생이 많았다. 경북고등학교에 대한 선망만 하고 본교에 적응하지 못하는 경우가 있었다. 부모님들도 '형은 경북고에 다니는데 너는 뭐하냐?' 등으로 공부 못한다고 핀잔을 들었으니 열등감이 컸었다. 그래서 생활지도에도 문제점이 많아 3년 후부터는 후기에서 전기로 선발 전형을 변경하였다. 그 결과 문제 학생은 적었으나 성적이 우수한 학생의 지원도 적었다. 성적이 엇비슷한 지방 학생이 많이 지원하였다. 1975년부터는 대구지역 전체가 평준화되었는데 대구고등학교의 모토motto는 '박력' 이었는데 평준화되면서 그런 분위기는 과거보다 위축되는 것 같아 안타까웠다.

대구에서는 처음으로 '교련 시험학교' 로 선정되어 교련교사가 3명, 조교 1명이 새로 부임하였다. 재식훈련, 총검술 등을 처음으로 훈련하여 절도 있고 단결된 모습을 볼 수 있었다. 시범학교 발표 시 연구기획으로 발표의 일원이 되어 참가하였는데 학교에서 인정하는 과정이어서 내심 흐뭇하였다.

1년 선배인 고 김용기 선생과 함께 표본전시회에 곤충표본 43상자와 식물표본을 병풍 모양으로 만들어 출품했는데 각각

대구고 본관 앞에서

특선을 받았다. 학교에서도 행사가 있을 때에는 곤충표본을 전시하여 이후로는 행사의 일환이 되었다. 그렇게 고생하며 오랜 시간 활용하던 곤충표본이었는데 나중에 가보니 생물실험실이 강당 밑에 있어서 습기가 많고 관리가 잘 되지 않은 모습을 보고 매우 안타까웠다. 지금은 자료를 구하려고 해도 구하기도 쉽지 않을뿐 더러 자연보호 정신에도 어긋나기에 더욱 어려운 것이 되었다.

한 학년이 8학급으로, 3학년 담임은 국어, 영어, 수학선생님 두 명씩, 사회와 과학이 1명씩 배정이 되었다. 과학과는 화학담당이 선정되었으며 연구기획으로 활동은 많이 했으나 1학년만 맡았다. 마지막 해에는 방송통신고등학교 담임으로 배려해 주었다. 1975년도에 대구고등학교에 부설 방송통신고등학교가 처음으로 개설되었으며 기획을 겸하여 1학년 1반 담임을 맡았다. 반 편성을 나이 순서로 하여 1반에 연령이 많은 분이 모였다. 연세가 가장 많은 두 분은 초등학교 교사로, 나보다 열 살이나 많았다. 두 분이 리더가 되었으며 학급의 분위기도 좋고 모범반이었는데 우리 집도 방문하여 정담을 나누었다. 수업은 한 달에 두 번씩 일요일 출석하여 수업을 하고 방송으로도 수업하였다. 대부분의 학생들은 직장을 가지고 있으나 열의가 높았으며 학생이라는 것에 자부심도 대단했다. 3년간의 전 과정을 이수하고 졸업 후 대학에 진학한 학생도 많았다. 정 많이 든 이 학생들과 1년 후 학교 만기로 헤어지게 되어 섭섭한 심정은 헤아릴 수 없이 컸었다.

대구고등학교를 졸업 후 25년마다 행하는 'Home coming day' 라는 사은회에 학급 담임과 교과 선생님을 초청하였는데 가서 오랜만에 보는 제자들과 정담을 나누었다. 사회에 진출해

중견이 되어 활동하는 모습을 볼 때 무엇보다 교육자로서 느끼는 사명감과 보람을 함께 느낄 수 있었다. 그때 좀 더 열심히 가르치고 정도 쌓을 걸 하는 후회도 있었다. 지금도 당시 15회 졸업생이었던 김형수가 고령교육지원청 교육장이 되어서 안부도 전하고, 또 청사를 이전하였다면서 서화 작품을 부탁하기에 고심 끝에 국화 한 점을 그려서 보냈더니 교육장 좌석 뒤에 걸어두고 수시로 지난 세월을 회상하며 나를 기억한다니 고마우면서 흐뭇한 마음 비길 데 없다.

나의 별명

소심하고 조용한 성격이라 특별한 별명은 없다. 교직에 있다 보니 남자이면서도 평생 '여선생呂先生'으로만 불리었다. 활달하지 못하고 차분한 성격이어서 친구들이 놀림으로 여성 교사 의미의 '여선생' 같다는 말은 자주 들었었다.

별명과 관련해서는 경북여자고등학교 재직 시절이 가장 기억에 남는다. 대구고등학교에서 5년 11개월 근무하다가 만기가 되어 1976년 3월 1일자로 경북여고로 전근이 되었다. 처음 1학년 6반을 담임하였는데 당시 3학년은 선발로 학생을 모집하여서 우수한 학생들이었다. 그래서 교복의 치마 양쪽에 흰 선을 넣었기 때문에 선발로 입학한 학생의 부모들은 '칼을 찬 딸'을 자랑스럽게 데리고 다닌다는 말도 있었다. 1, 2학년은 평준화로 모집하여 다른 학교와 같았다. 남자고등학교에서 여자고등학교로 전근을 왔으니 모든 것이 새롭고 반 학생들도 귀엽고 예쁘게 느껴졌다.

내가 맡은 반은 열두 반 중에서 성적이 그리 좋지 않았다. 그러나 봄에는 남학교에는 없는 교내 합창경연대회와 가을철 체육대회의 가장행렬에서 창의력을 발휘하여 모두 1등을 하였다. 준비과정에서 반장을 중심으로 전체 학생이 협동심을 이루어 일심동체가 되었다는 것이 무엇보다 의미가 컸었다. 결과 또한 좋았으니 그 기쁨은 배가되어 만끽할 수 있었다.

당시 학급의 J 여학생이 여름방학 때 고향인 문경 가은에 갔다가 사망사고가 발생하였다. 가은에 사는 안미숙 학생의 안내로 윤하달 학생과장과 기차로 대구역을 출발하여 밤에 가은에 도착해서 파출소와 사고 학생의 친척집을 방문하였다. 사고 내력인 즉 친구들과 봉은사로 놀러갔다가 돌아오는 길에 주차장까지 내려왔었는데 두고 온 파라솔이 생각나 다시 혼자서 올라갔다. 내려오면서 어두운 개울을 건너다 넘어져서 사망하였다고 한다. 앳된 꽃봉오리가 피어 보지도 못하고 떠나서 지금도 당시를 생각하면 안타깝고 애틋한 심정은 금할 길이 없다. 교직생활을 하면서 가장 마음 아픈 일이 아닐까 생각한다. 며칠 뒤

경북여고 1년 가장행렬

에 다시 학급반장과 함께 학생의 가정을 방문하여 위로의 말씀을 드렸다. 그러나 부모의 비통한 심정을 십분의 일이라도 헤아릴 수 있을까? 아쉬움이 남는다. 떨어지지 않는 발걸음을 뒤로 하고 돌아 왔다.

◈ 별명 : 남고에서 여고로 전근 와 생물 수업을 하는 데 젊은 때라서 여학생들이 얼굴이 뚫어지라 쳐다보니 감당하기 어려워 얼굴이 붉어지는 경우가 있었다. 이를 본 학생들이 귀엽다고 '새색시' 라는 별명을 붙여줬다. 내 성격과 맞지 않다고 부정할 수는 없겠다. 다음 해는 또 1학년을 맡았었고 마지막 해에 3학

년 담임을 맡아 처음 부임하면서 만났던 학생을 다시 보게 되니 더없이 반가웠다. 3학년 졸업앨범에는 내 이름을 빗대어 '기차' 를 그리고 여러 가지 이야기를 적어 넣어서 보고 한참을 웃었다. 그리고 이웃에서는 내가 출퇴근을 정시에 한다고 해서 '시계' 라고도 하였다 한다.

이 학생들이 졸업하고 25년 만에 사은회를 한다고 하여 초대를 받았는데 반 학생들이 고깔 씌우고 '새색시' 모양으로 꾸민 뒤 앞에 나가 함께 춤추고 사진도 찍었다. 세월은 흘렀지만 담임 맡은 학생들이어서 한 명, 한 명 그들과의 추억이 새롭고 함께한 시간들이 행복했었다. 4반세기, 아스라이 먼 세월이 흘렀지만 낯이 익은 뒤에는 전혀 어색함 없이 옛날의 그 시절과 다를 바 없었다. 앳된 학생이 이제는 어엿한 성인으로 성장하여 사회에 활동하고 있는 것을 볼 때 교사로서의 보람을 새삼 느낄 수 있었다.

몇 년 전 서화전을 가졌는데 전시회 후 당시 제자였던 현대자동차(주) 과장인 박해숙의 초대를 받아 몇 명의 제자들과 옛 이야기 꽃을 피웠다. 제자가 경영하는 찻집으로 자리를 옮겨 즐거운 시간을 보냈다. 이렇게 잊지 않고 초대해 주는 것만으로도 교직의 보람을 느낄 수 있었고 행복했다. 그 자리에서 벌써 중

경북여고 3학년과 함께

학교 교감인 정영주, '마을기업 꽃과 사람(주)' 대표로 활동하는 김해숙, 계명대 교수인 최현미 등과 함께 자리했는데 어렸던 제자들이 성장하여 활달히 사회활동을 하는 것을 보니 더없이 대견스러웠고 마음이 뿌듯했다.

◈ 아명兒名 : 내가 어릴 때만 하더라도 높은 유아 사망률과 미신 때문에 이름을 천하게 짓는 풍습이 있었다. 너무 예쁘게 지으면 귀신이 "이 아이가 귀여움을 받는 아이구나"라고 생각하

여 먼저 잡아간다고 생각하였다. 나는 '손돌이'로 지어 불리었다. 아버지는 아명이 '바위' 였기에 그 아들은 '돌' 이고 손자는 '자갈' 이라면서 웃기도 하였다.

◈ 호(아호, 雅號) : 허물없이 부를 수 있는 것이기에 대체로 본인이나 스승, 선배가 지어 주는데, 거처하는 곳이나 자신의 좌우명 혹은 좋아하는 특정한 물건을 대상으로 짓는 것이 일반적이다. 나도 퇴임 후에 취미생활로 서예를 배우러 다녔는데 여기에서 대나무 같이 곧은 삶을 지키라는 뜻으로 아호雅號를 '죽재竹齋'로 지어서 호걸이도 하고, 평소 서예작품에도 사용하고 있다. 경북여고 3학년 담임을 같이 했던 고 지석枝石 구자경具滋慶 선배님이 본관 성산을 생각해서 아름다운 별과 같이 살라는 뜻으로 '기성綺星' 이라는 아호를 지어 주었다.

◈ 본명(本名, 세례명) : 천주교에서는 세례를 받기 전 몇 개월 동안 비신자를 대상으로 교리 공부를 시킨다. 인간은 무엇이며 삶의 의미는 어떤 것인지, 그리고 구원의 필요성 등에 대해 성경 교리를 배운다. 아이가 세상에 태어나면 이름을 지어주듯이 세례성사로 하느님의 자녀가 되어 새롭게 태어났기에 하느님의 자녀로서 받는 이름이 세례명이다. 성인聖人의 이름을 따서 '베드로', '요셉', '마리아' 등을 사용한다. 나는 한국 성인에

따라 '호영베드로' 로 짓고 교우들이 이를 부른다.

◈ 택호宅號 : 성명 대신에 주부의 출신 지명이나 벼슬의 명칭 또는 호를 붙여 부르는 이름으로, 내자가 태어난 곳을 따서 '탕실댁' 으로 불리어졌는데 시대가 변함에 따라 잊혀져가고 있다.

나의 생각

80년대 이후 급변하는 사회제도와 학생들의 인권의식 신장으로 두발, 복장이 자율화되면서 학생들의 생활지도가 더욱 어렵게 되었다. 성인화 과정의 청소년기 학생들이 심리적 갈등과 이성 문제, 진로선택과 성적에 대한 불안, 초조감 등이 학생 내면에만 머물지 않고 많은 문제점이 밖으로 표출되었다. 그래서 학교와 가정, 사회가 삼위일체가 되어 학생 선도에 함께 힘써야 하겠으며 특히 우리 교사들은 학생들의 당면한 문제점을 사전에 파악하여 이를 해소시키고 건전한 학교생활로 올바르게 성장할 수 있도록 이끌어 가야할 책무를 띠고 있다고 하겠다.

1981년 교도교사 자격증을 취득하여 상담교사로 활동하였다.

포항여고 3년 소풍

수업시간도 적게 배당하여 학생 상담에만 전념토록 하였다. 상담교사는 교과 지도를 하지 않으면 자칫 학생들로부터 외면받기 쉽다. 당시 1학년의 어느 학생에게 상담실로 오라고 하였더니 기가 죽어서 죄인처럼 들어 왔다. 자신은 상담실에 불려오는 학생은 큰 잘못이 있거나 처벌받아서 오는 것이라고 알고 있었기 때문에 자신도 잘못이 있어 꾸중 듣기 위해 호출당한 것이라 생각하고 있었다. 그것이 아니라 학생은 결석이 있어서 그 이유를 알고자 불렀다고 하니 밝히기 어려운 결석 사유를 말하면서 혹 담임교사에게 알려질까 걱정을 했다. 그래서 상담선생님과 이야기한 내용은 그 누구에게도 말하지 않고 절대 비밀이 보장

된다고 하니 밝은 얼굴로 안심하고 돌아갔다.

지금도 그렇지만 상담실을 학생들은 문제아를 상담하는 곳으로 인식하고 있었다. 그래서 상담교사는 학생들과의 신뢰를 바탕으로 친밀 관계를 유지해야만 학생들 속마음을 들을 수 있다. 또 상담실은 학생과에서 처벌한 학생을 상담하는 곳이 아니라 개개 학생을 올바른 길로 나아갈 수 있도록 인도하는 것이고 고민을 들어주고 함께 해결책을 찾기 위해 노력하는 곳이기도 하다. 그렇기 때문에 상담의 기본은 학생이 흉금을 털어 놓고 이야기할 수 있는 분위기 조성이 전제되어야 한다. 학생에게 훈계하는 방식은 절대 피해야 한다. 상담교사는 가능한 말을 적게 해서 학생이 고민을 이야기하도록 해야 하며 이를 들어주는 것만으로 문제가 해결되기도 한다. 상담실을 항상 개방하고 있으나 학생들이 거리감을 느끼고 찾아오지 않는다면 존재 이유가 없다. 학생들이 먼저 찾는 가깝게 느끼는 친근한 카운슬러여야 한다.

상담교사로서 앉아서 기다리기보다 학생들에게 직접 찾아가기로 하였다. 그래서 자습을 하는 반을 찾아가서 백지를 나누어 주고 '나의 생각' 을 자유롭게 적도록 하였다. 고민거리나 선생님에게 하고 싶은 말을 해도 좋고 상담이 필요한 학생은 이름을 밝히라고 하였다. 그 결과 학생들의 관심사와 고민거리를 알 수 있었고 이를 기초로 사안에 따라 개별 혹은 집단 상담을 하였다.

1학년 학생들은 학습문제 즉 성적부진에 대한 고민과 교우 관계에 따른 갈등이 제일 많았다. 당시 포항여고는 중학교 성적이 20위 이내의 우수한 학생으로 선발고사를 거쳐 들어온 학생들이다. 중학교에서는 성적이 우수하여 학교에서 인정을 받았으나 고등학교에 진학하니 우열이 생기고 석차가 뒤지는 학생은 열등감에 대한 고민이 제일 많았다. 자신의 능력을 인정하고 성적이 전부가 아님을 깨우치고 나름의 재주와 소질을 찾도록 일깨워 주었다. 교우관계는 먼저 다가가 마음을 열고 서로 이해할 수 있는 관계가 중요하며 관심과 배려가 우선임을 일러주며 시간이 흐르면 갈등 관계도 해결되며 노력 여하에 따라 풀릴 수 있다고 충고한다. 특히 이성문제에 관해서는 한참 사춘기라 쉬 마음을 터놓지도 않지만 지도하기도 어려웠다.

3학년 학생들의 경우는 가장 큰 걱정은 진학과 진로에 관한 고민이 많았다. 성적이 우수한 학생은 고민이 없으리라 생각하지만 우수한 학생이나 열등생이나 성적에 대한 고민은 똑 같다. 우수한 학생은 좋은 대학에 진학여부, 하위 학생도 나름대로 대학 진학이 가장 큰 고민이었다. 3학년 어느 반의 학급회장이 밤에 자율학습을 하다가 성적과 진학의 압박에서 헤어나지 못하고 학생들이 하교한 후 교내 느티나무에 목을 매어 자살한 경우

포항여고 가장행렬

도 있었다. 새벽에 신문 배달원이 발견하여 신고하였는데 교장은 경찰 조사에서 숙직교사에게 실내만 순찰하도록 하였다고 진술하였다. 그래서 숙직교사에게는 책임을 묻지 않았으며 직원회의에서 학생들의 동요가 없도록 전달하고 학생의 고민을 함께한다는 차원에서 엄숙하지만 조용히 지내도록 부탁하였다. 그래서 언론에 보도되지 않았고 조사결과 유언장도 없고 단지 가정 형편이 곤란하여 진학 포기에 따른 정신적 압박에 의한 단순 자살로 결론이 났다. 학생은 학급회장이면서 평소 매사에 모범이어서 충격은 더 컸다. 귀한 꽃봉오리가 피지도 못하고 떠났으니 애석한 마음은 무엇으로도 대신할 수 없었다. 사전에 학생의 심정을 헤아릴 수 있는 기회가 있었으면 하는 아쉬움이 컸다.

상담을 희망하는 학생은 점심시간을 이용하여 개별 상담이나 혹은 같은 내용의 학생들을 모아서 집단 상담하는 것도 효과적이었다. 이럴 경우 학생들은 나만이 문제가 아니라 다른 학생도 같은 고민을 갖고 있구나 하며 마음의 위로를 받게 된다. 그 후 3학년 학생 전원을 대상으로 대학에 진학한 본교 졸업생의 성적을 분석하고 진학한 대학교를 소개하였으며 자료를 상담실에 비치하여 누구나 시간나면 활용할 수 있도록 하였다.

2학년 어느 학생이 이성관계로 가정에서 감금되었다가 가출하였다. 이 학생은 상담실에 온 기록이 있었는데 고민을 이야기하라고 했으나 마음을 열지 않았다. 자신의 심정을 털어놓지 않아서 진지한 대화가 이루어지지 못한 것이 계속 아쉬움으로 남는다. 학교를 떠날 때까지 그 후의 이야기를 들을 수 없어서 어떻게 되었는지는 알 수가 없다.

학생들은 고민이 있으면 교사보다 먼저 친구들에게 이야기한다. 선생님에게는 속속들이 고민을 이야기하지 않는 경우가 많다. 그래서 언제라도 학생들과 친밀관계를 형성하도록 노력해야 한다. 내 자녀처럼 따뜻한 시선으로 보듬어주고 문제가 생기기 전에 이를 먼저 인지해야 하며 더 커지기 전에 대화로서 해결될 수 있도록 열린 마음으로 다가가야 한다.

내 인생의 사다리

태어나 성장하고 늙어서 죽는 것은 사람이라면 누구도 피할 수 없는 숙명이며 섭리이다. 비록 현대사회는 경제와 의학의 발전으로 평균 수명이 100세 시대라 할 만큼 길어지기는 했어도 생로병사의 과정은 예나 다를 바 없다. 수명이 길어지다 보니 교직도 62세에 정년으로 퇴직하여 30여 년을 더 살아야 하는 세상이 되었다. 그래서 길어진 수명만큼 즐거운 인생을 살자면 나이에 걸맞은 평생학습을 통해 부단히 배우는 삶이 되어야 하리라 생각된다.

취업이 어렵고 젊은 나이에 퇴직하는 사람도 많다보니 상대적으로 안정적인 공무원을 선호하는 사람들이 많아졌다. 중등

화령고 하계 수련회

교사 선발시험에서 합격하는 것이 매우 어려워 국가고시에 합격하는 것과 같다고 하였다. 교육공무원의 직급은 교사(1, 2급 정교사), 교감, 교장으로 구분된다. 전문직은 교감에서 장학사 또는 교육연구사로, 교장에서 장학관, 교육연구관으로 수평 이동할 수 있다.

1950년대 국립 사범대학은 등록금도 적고 약간의 장학 혜택이 있어 경제적으로 도움이 되었다. 또한 졸업 후에는 전원 시·도교육청으로 교사 발령이 되기 때문에 가정형편이 넉넉지 못한 나는 경북대학교 사범대학에 진학하였다. 5.16혁명 이듬해 대학을 졸업하고 바로 군복무를 하였다. 제대 후 경상북도교육청에 배정되어 청송고등학교에 초임 7,800원의 전임강사를 시작으로 1년 후에 2급 정교사로 발령이 되었다. 그리고 2년 후 연수를 통하여 1급 정교사 자격을 얻었다.

교육경력 15년 이상이 되면 경력, 포상, 연수, 근무평가 등을 합산하여 과목별로 1.5배수의 인원을 선정하여 시험을 쳐서 교감을 선발하였다. 논문과 주·객관식 문제로 교육학 시험을 쳤다. 교육학을 배운 지가 20여 년이 넘어서 다소 생소하였다. 교육학(이대성 저) 상·하권을 구입하여 내용을 보니 새롭기만 하였다. 퇴근 후에 하숙집에서 읽고 또 읽고, 녹음테이프를 누워서 듣고 또 듣고 반복 학습하니 어느 정도 이해가 되었다.

시험에 응시할 자격이 되어서 겨울방학 때는 고시학원에도 수강하였다. 또한 독방에서, 학원에서 배운 예상 문제를 풀고, 시험지에 적은 내용을 수십 번씩 외우고 또 외웠다. 하지만 막상 고사장에 앉아서는 긴장하지 않을 수 없었다. 옆에 있는 선생은 너무 긴장한 나머지 글씨를 못 써서 감독관이 손을 주물러 주기도 하였다.

논문 문제 중 기억나는 것은 "학생의 생활 지도에 대하여 논하라."는 것이었다. 평소 상담교사로 활동하였기 때문에 "학생 생활지도는 문제 학생을 지도를 하는 것이 아니라 상담을 통하여 학생과 신뢰감을 쌓아 예방차원에서 지도해야 한다."고 서

화령고 1년 소풍

술하였다. 다행히 과학과에서 1위라는 좋은 성적으로 합격하여서 그렇게 기쁠 수가 없었다. 1987년 경북대학교 사범대학 부설 중등교원연수원에서 180시간 중등학교 교감 자격연수를 통하여 교감자격증을 취득하였다.

1988년 3월 1일자로 입암중학교 교감 발령을 받았다. 교사에서 교감으로 승진하였으니 그 기쁨은 크지 않을 수 없었다. 처남의 승용차로 이불 보따리를 싣고 가니 대구에서 영양까지가 그렇게 멀고 더디게 느껴졌다. 1년 후에 전문직으로 울릉교육청 장학사로 임명 되었다.

다시 8년 후에 교장 자격 연수 대상자로 선정되어 한국교원대학교에서 연수를 받아 교장 자격증을 취득하였다. 부모님에게 보여드리고, 추석 성묘 때 할아버지 묘소에 바쳤던 생각이 난다. 저승에 계시는 자상하신 할아버지께서 손자가 교장이 된 것을 기뻐하시리라 생각되었다.

1997년 3월 1일자로 진보공업고등학교 교장으로 대통령 영으로 승진 발령장을 받았다. 기쁨보다 어떻게 학생들을 보살필 것인가 하는 걱정이 앞섰다. 이해찬 교육부장관 시절에 초·중등교육공무원 정년이 3년 단축되어 교장이 된 지 4년 반 만에 2001년 8월 31일자로 경상북도교육청 과학산업교육과장에서 정년퇴직을 하였다. 평생 몸 바쳤던 교직을 떠난다고 생각하니 서운함은 이루 말할 수 없었다. 퇴임 시에 경북교육청 앞마당에서 많은 분들의 배웅을 받으면서 천 장학관의 안내로 귀가하였다.

이제 젊은 시절을 교육자로 오롯이 살아왔다면 퇴직 후에는 또 다른 인생의 이모작을 새로이 시작하는 심정으로 노년을 보람 있게 살아야겠다는 다짐과 새로운 인생 설계를 그려 본다. 100세 시대에 즈음하여 부단히 배우면서 남은 인생을 건강하고 의미 있는 여생이 되도록 매사에 나에게 주어진 능력과 여건에 최선을 다할 것을 다짐한다.

고입 선발고사 출제위원

70년도에는 대구가 분리되기 전이라 경상북도교육청에서 대구, 경북의 고등학교 선발고사를 주관하였으며 신입생도 학교별로 선발하였다. 그래서 출제 및 관리요원으로 선정되어 활동했다.

70년도 초에 처음 고등학교 입학 선발고사의 출제위원으로 선발이 되어 2, 3년 간격으로 계속 활동하였다. 현재의 국채보상공원 자리에 있었던 대구여자고등학교의 생활관이 협소하지만 보안에 적합하다고 해서 출제위원 합숙 장소로 지정되었다. 생활관에 입소하여 모든 창문은 종이로 밀폐하고 외부와는 통신과 내왕이 단절된 완전히 감금된 생활이었다. 고등학교 교장이 위원장이 되고 장학관과 장학사가 각 1명 그리고 과목별로 1, 2명씩 출제위원으로 참가했다. 첫 회의에서는 1965년 경기중학교 입시에서 '엿기름 대신에 사용할 수 있는 것은?' 이란 문제에서 정답이 디아스타제와 무즙으로 복수정답이 되었다는 사실을 상기시키면서 출제에 만전을 기해 달라고 당부했다. 또 교과서에 충실하면서 너무 좋은 문제만 내려 하지 말고 쉽게 출제하기를 주문하였다. 1차로 최근에 출제된 문제는 제외하고 2배수의 문제를 선정한다. 문제가 선정되면 한 문제마다 과목별로 협의해서 장학사, 장학관, 위원장의 결재를 거쳐서 최종 문제로 확정한다. 한번은 우산이끼의 암포기를 찾는 문제를 보고 위원장이 밟아 문지르면 없어질 것을 출제했다고 웃으며 제외시킨 경우도 있었다. 출제가 마무리되면 필경사와 등사 기사가 들어온다. 필경사가 문제를 필경하면 또 확인하여 한 글자라도 틀리면 다시 고쳐야 했다. 원안을 등사해서 첫 장을 확인하고 결재를 한다. 백장마다 확인하고 다시 결재를 받는다. 이렇게 문제마다 수많은 결재를 거쳐서 몇 번을 확인하여 고사 원안으로 확정한다.

한번은 어떤 과목에서 등사하는 중 도표에 숫자가 빠져 모든 것을 폐기하고 다시 필경부터 새로 했다. 원본 한 장으로 만 매 이상을 등사해야하니 필경사의 수고도 수고지만 짧은 시간에 밤낮 없이 많은 시험지를 등사를 해야 하니 팔이 붓고 원지가 파손되지 않게 밀어야 하기 때문에 이것 또한 여간 어려운 일이 아니었다. 이렇게 해서 시험지가 완성되면 학교별로 배부하고 그 후 착오가 있으면 정오표를 넣는다. 정오표가 들어가지 않도록 사전에 각별히 주의를 해야 한다. 시험지를 학교별로 매수와 정답지가 들어갔는지 확인 또 확인하여 만전을 기한다. 출제에 사용한 종이를 소각할 때에는 종이가 탄 재가 밖으로 날아가지 않도록 하나하나 세심한 주의를 기울인다.

현재와 같이 컴퓨터가 보급되었다면 쉽게 진행될 업무이지만 당시만 하더라도 온전히 손으로 해야 하는 작업이어서 그림도 직접 그려서 넣었으며 프린터도 없었기에 오롯이 사람이 등사기로 인쇄하던 시절이라 그 수고로움은 지금의 몇 곱절이라 하겠다. 고사 당일에는 각 학교에서 혹 문의가 오는지 초긴장 상태에서 대기한다. 전화벨이 울리면 깜짝깜짝 놀라기까지 한다. 무사히 고사가 끝나기만을 바랄 뿐이었다. 고사가 끝나면 안도하면서 오랜만에 각 가정으로 돌아간다. 그때에 같이 참여한 동료를 만나면 어려운 시기의 정의가 새롭게 떠오르며, 친밀감이 배가 된다고 할 수 있다.

한번은 출제위원으로 활동 중 내게 각별하셨던 처조모님이 돌아가셨다. 연락도 받지 못하고 집에 오니 장례까지 끝나서 애석한 마음 금할 길이 없었다. 처조모님은 여름철 식사 때에는 옆에서 부채질도 해 주시고 많이 먹으라고 거들어 주시던 모습이 지금도 눈에 선하게 떠오르다. 자상하셨던 그 모습 볼 수 없으며 손서 노릇도 못하고 떠나보낸 것 같아 애달픈 마음 그지없었다. 또 선거가 있는 경우에는 짝을 지어 장학사가 대동하여 투표만 하고 돌아왔다. 그러나 시원한 바깥 구경을 할 수 있었으니 죄수들이 형무소 밖을 나온 심정이라고나 할까 갇힌 공간에서 해방된 기쁨이 컸었다.

그 후 현재의 대구여고에서 출제위원으로 참가하였는데 과거에 비하면 숙소가 호텔과 같은 기분이 들었다. 생활관이 교사 남쪽에 떨어져 있어서 보안에 좋았으며 넓어서 환기도 잘 되고 쾌적한 환경에서 출제할 수 있었다.

75년도 고등학교 선발고사 후기 출제위원으로 선임되어 준비 중에 전기 시험 출제에서 부정사건이 일어나 큰 충격을 주었다. 경북고등학교가 포함된 지구에서 시험 문제지의 4지 선다형에서 필경사가 정답을 똑바로 세우지 않고 조금 눕혀 삐딱하게 써서 정답임을 암시했다. 사전에 약속한 학생이 이를 골라 적도록 했는데 유독 정답만 비스듬히 누운 것을 수상히 여긴 수험생이

제보하여 선발고사 전체가 무효가 되었다. 출제위원이 재구성되었으며 후기 시험 전에 출제를 완료해야 했기 때문에 밤낮으로 출제해서 기일을 맞출 수 있었다. 하지만 이 사건으로 담당 장학관과 담당 교사들이 처벌을 받았으며 당시 김주만 경상북도 교육감은 교육자로서 도의적인 책임을 통감하고 부모 묘소에서 스스로 생을 마감하였다. 사건과 직접 관련되지는 않았지만 책임지는 모습과 교육자로서의 양심이 허락하지 않았던 모양이다. 교직에 몸담은 사람으로서 삼가 애도의 마음과 경의를 표한다. 자신의 책임 회피에만 급급한 오늘의 세태에서 교육감의 책임지는 모습은 큰 가르침이 되리라 생각되며 신성한 교육계에서는 두 번 다시 있어서는 안 될 참담한 일이었다.

국외 연수를 다녀와서

학교 교육이나 언론을 통해 우리는 미국에 대해 많이 배우고 들었다. 실제로 가서 보면 어떤 나라일까? 호기심과 기대를 안고 한 달여의 미국 연수를 떠났다. 미국 땅을 밟는 순간부터 언어·음식·문화·예절 등 어느 하나 내가 안다고 말할 수 있는 것이 없었다. 어떤 메뉴로 한 끼 식사를 할 수 있을까? 어떻게 하면 목적지까지 무사히 도착할 수 있을까? 하는 일상의 고민에서부터 미국인에게서 무엇을 얻고 느낄 것인가? 하는 호기심과 두려움, 긴장과 기대 속에서 짧은 영어 실력에 바디랭귀지를 쓰고 시행착오를 거듭하면서 실제 경험으로 익혀 나갔다.

1995년 7월 17일부터 5주간 각 시·도에서 선발된 20명의 생물과 교사의 국외연수단 단장으로 물리과 연수단과 함께 IOWA주립대학에서 연수를 하게 되었다. IOWA주는 미국 북부의 중앙에 있으며 내륙이라 여름에는 덥고 겨울에는 추운 기후다. 옥수수와 콩밭 그리고 목장이 이어져 있으며 멀리 지평선이 보이는 대평원으로, 간간히 농가가 한 집씩 보이며 산이라고는 보기 힘들었다. IOWA주립대학은 오랜 전통을 가진 명문대학으로, 특히 의대·법대·공대가 유명하다. 한적한 곳이라 교육환경이 좋고 전통 있는 명문이면서 학비가 적어 동양인이 유학을 많이 오며 한국 유학생도 500여 명이 된다고 한다. 그리고 미국 중부의 과학교사 재교육도 담당하고 있었다.

교육내용은 교육개혁의 일환으로 과학·기술·사회(Science Technology Society)와 구상주의(Constructivism) 학습을 근간으로 한 아이오와의 교육프로그램의 연수였다. 초·중·고등학교 교육과정을 마친 학생들이 피상적인 과학적 소양을 갖고 있음이 많은 연구를 통해 확인되었다. 그래서 학생들의 관심과 호기심을 바탕으로 삶과 연관한 교육과정과 교수의 과학학습으로 인도할 수 있었다. 특히 현장에서 직접 경험한 아이디어를 구체화하고 다양한 평가방법을 통해 교사와 학생 모두에게 바람직한 영향을 준 것으로 확인되었다.

창의력을 개발해 주어야 한다는 것과 미래를 지향한 탐구 주입식교육에서 탈피해야하는 것이 한국 교육의 현실 과제이다. 학생 스스로가 문제에 직면하여 풀 수 있어야 한다. 사건의 현장이나 비디오 실물 등을 보고 난 후 각자가 탐구하고 싶은 주제를 발표하고 주제별로 그룹을 만들어 탐구하도록 한다. 교사는 알고 있는 지식을 전하는 단순한 전달자가 아니라 한 발 물러서서 학생 스스로 이해하고 터득하도록 유도하는 것이다. 그래서 더 좋은 교사는 정확한 지식과 방법을 보유해야 하며 이를 토대로 바람직한 방향으로 학생을 유도할 수 있어야 한다.

IOWA 주립대학 교수님과 함께

미국인 교수는 통역을 통해 수업을 진행하였으며 통역은 한국의 대학원생이 맡아서 통역이 잘 되지 않은 경우도 있어 이해가 안 되는 부분도 있었다. 영어를 제대로 할 수 있었으면 하는 아쉬움도 남았다. 경북에서 같이 간 김 선생은 항상 나와 동행하며 도움을 주었다. 그래서 다른 선생님이 비서라며 농담도 했다. 그 후 몇 번의 만남이 있었으나 연락이 되지 않아 그때의 고마움을 전할 길이 없다.

옥수수를 재배하는 농가를 방문하였다. 부부가 농사를 짓는데 이백만 평이 된다고 한다. 대형 트랙터를 보니 바퀴가 2m가 넘어 보였다. 눈 끝까지 보이는 곳이 모두가 이 집의 농장이라고 한다. 파종하고 수확하는 것은 모두 기계로 하는데 수확할 때는 트랙터로 가면서 뒤의 짐칸에 담아서 건조기에 바로 부으면 건조가 되어 창고에 저장이 되고, 출하할 때는 바로 트럭에 담아 판다고 한다. 이런 큰 창고가 3개가 있으며 소와 돼지도 사육하여 그 퇴비로 옥수수 밭에 거름으로 사용한다고 한다. 한국에 비하여 평당 수확량은 적으나 대량으로 생산하기에 한 농장에서 나오는 것만 해도 어마어마한 양이다. 지나가면서 보니 전부가 옥수수 밭으로 끝이 없다. 이런 평원이 한국에도 있었으면 하는 바람을 가져보며 미국의 부는 이런 곳에서 찾아볼 수 있었다.

현지 교사들의 가정을 방문하였는데 보여주기 위한 의례적인 것이 아니라 자연스럽게 자랑과 허물을 있는 그대로 보여 주었으며 같은 교직에 있다는 동지애를 느낄 수 있었다. 손바닥 크기의 쇠고기를 직접 굽고 옥수수와 함께 식사를 하고 게임도 즐기면서 미국의 가정생활을 이해할 수 있는 기회가 되었다. 또한 취미생활로 말을 키우고 있으며 승마를 즐기고 있는 모습도 볼 수 있었다. 승마를 할 수 있었다면 기량을 발휘할 수 있었으련만 그렇지 못해 구경만 하고 돌아와 아쉬움이 남는다. 현지 교사들은 친절하고 예의바르며 검소하고 합리적이라는 생각이 들었다. 헤어지면서 한국에 초청하여 은혜에 보답해야겠다는 생각을 했으나 그렇게 하지 못해 미안할 따름이다.

연수 중에 시간을 내어 관광을 하였는데 특히 캐나다 쪽으로 건너가서 나이야가라 폭포를 구경하였는데 우렁찬 물소리와 어마마한 물줄기가 쏟아지는 광경은 무슨 단어로 그 장관을 표현해야 할지 찾지를 못했다. 입만 벌리고 경탄했을 뿐이다. 많은 관광객 틈에 끼여 비옷을 입고 구경하던 폭포의 경관을 지금도 잊을 수가 없다. 미국이라는 나라가 땅덩어리도 크지만 자연경관도 아기자기한 아름다움의 우리나라와는 차원이 다르고 스케일과 풍기는 그 멋도 달랐다. 폭포 옆에 있는 식당에서 식사를 하고 미국으로 넘어왔다. 그때의 기억이 새롭게 떠오른다.

횡단보도에서 신호를 기다리는 중에 승용차가 직진 신호가 켜졌는데도 출발하지 않고 먼저 지나가라고 손짓을 한다. 고속도로 상태는 한국보다 못한 것 같았으나 인터체인지에서 승용차가 진입하면 차선을 양보한다. 그리고 과속하는 차량을 볼 수가 없었다. 매사가 급한 우리와는 생각이 다른 것 같다. 관광버스 기사가 운행 중에는 버스 안에서 이동하지 못하게 하며 반드시 안전벨트를 착용하도록 하였다. 그리고 정지하면 먼저 내려서 하차하는 손님의 손을 일일이 잡아 주고 승차할 때도 출입문에 서서 도와주었다. 자동차 문화가 먼저 시작된 나라여서 그런지 안전에 관한 의식도 우리보다는 높았다. 한국에서 교통 위반하는 사람들을 미국에 데려와 견학을 시켰으면 좋겠다고 농담을 나누었다.

수료식은 마지막 전날인 8월 15일 저녁에 있었는데 많은 내빈들의 축하를 받으면서 수료증과 IOWA 명예 시민증을 받았다. 그날은 광복절이라 기념식을 하는데 외국 나가면 다 애국자가 된다더니 국민의례에서 애국가를 부를 때는 코끝이 찡했다. 여러 사람의 많은 도움과 보호로 무사히 연수를 마치게 되어서 무엇보다도 감사하다는 생각이 들었다. 교수님들도 수업 중에는 간편한 의복이었으나 수료식 때에는 정장을 차려입고 나온 것을 보고 이분들은 공사가 분명하고 예의범절이 우리와 다르

수료증 수여

지 않음을 알 수 있었다. 우리 교사들도 정장을 준비해 갔으나 몇 번 장소를 옮기다 보니 옷이 구겨져 있어서 입을 수가 없어 정장을 하지 못한 것이 오히려 부끄러웠다. 개인별로 수료증과 명예 시민증을 받는 모습을 사진 촬영하여 이튿날 떠나기 전에 나누어 주는 친절도 베풀었다. 5주간의 짧지 않은 연수였지만 마치고는 진한 아쉬움이 남았다.

인심 후한 현지인과 교포 및 유학생들의 도움을 많이 받았기에 감사할 따름이며 무엇보다 단원 모두에게도 고마움이 앞선다. 사고 없이 진지하고 즐거운 생활로 연수를 무사히 마칠 수 있어서 감사했다. 모든 것을 배워 가겠다는 우리의 자세와 5주 동안 이국에서 통역자를 사이에 두고 받은 강의여서 내용을 완전히 소화하지 못한 아쉬움도 남는다. 그러나 돌아가서 이러한 경험들이 학생지도에 많은 도움이 되었으면 하는 바람이며 이러한 유익한 연수는 다른 교사들에게도 기회가 주어지기를 기대하며 돌아오는 비행기에서 발아래 펼쳐진 푸른 태평양을 굽어보며 또 다른 세상을 보고, 느끼고, 체험한 경험들에 흐뭇해하면서 눈 감고 내 삶에서도 많이 남지 않은 여생이지만 앞으로 펼쳐질 미지의 세계를 그려본다.

학교 운영

1996년 7월 1일부터 6주간 한국교원대학교 종합교원 연수원에서 중등학교장 자격검정을 위한 연수를 이수하고 '중등학교교장' 자격증을 취득하였다.

1997년 3월 1일자로 진보공업고등학교 교장으로 발령을 받아 여기서 1년간 근무하였다. 인문계 고등학교에서 주로 근무하다가 공고로 발령 나니 교육과정이 달라 처음은 어떻게 해야 할지 막막하였다. 취임하면서 취임사로 첫째는 직원 상호간의 인화, 둘째로는 직무에 충실할 것과 셋째는 학생 지도에 최선을 다해주기를 주문하였다. 그리고 서로 양보하고 도우면서 20여 명의 가족이 합심하여 화합된 분위기에서 근무하기를 기대하며 이를 학교운영 방침으로 정하였다.

입학식에서 2학급 73명의 신입생을 받았는데 학교장 훈화에서 중학생의 티를 벗고 고등학교 학창시절이 자신의 장래를 결정하는 소중한 계기가 된다는 사실을 명심하고 각자 희망을 갖고 밝은 미래를 위하여 꿈을 키워나가기를 바란다고 당부하였다. 덧붙여 첫째 항상 자신을 되돌아보며 생활하자. 둘째 자부심을 갖자. 셋째 지식과 기술의 습득을 게을리하지 말자고 주지시키며 신입생 여러분은 무한한 가능성을 가지고 있으니 각자가 자기 소질 개발에 힘쓰고 3년 동안에 1개 이상의 기능사 자격증을 취득하여 산업역군이 되기를 바란다고 당부하였다.

진보공고의 학교 이력은 초기 농고로 시작하여 종고로 되었다가 다시 공고로 변경하여 기계과 2학급으로 운영되고 있었다. 주로 안동의 인문계 고교에 진학할 수 없는 학생들이 진학하고 있었다. 일반교과 수업시간에는 별 취미가 없어서 엎드려 조는 학생도 많으나 실습시간 용접이나 선반을 할 때는 2시간씩 연속하는 실습이지만 땀을 흘리면서 하는 것을 볼 때는 모두가 필요하다고 생각하는 학과 공부도 학생들이 그 필요성을 못느끼면 홀대할 수 있는 반면, 하찮다고 생각하는 실습도 자신이 중요하다고 생각하면 땀 흘려 몰두하는 모습을 보면서 한편 대견스러우면서도 학생 개인의 적성이나 소질을 살리는 학교교육의 필요성을 절실히 느낄 수 있었다.

진보공고 운동장 조례

원거리 통학생을 위해 농고 때에 사용한 축사를 기숙사로 리모델링하여 합숙을 했는데 생활에는 어려움이 없도록 꾸몄다. 저녁 방과 후에는 선생님이 남아 헌신적으로 특별지도를 해서 학생들로부터는 인식이 좋았다. 또 식대에 맞추어 음식을 준비해서 부족한 점도 있으나 학생들은 불평 없이 식사를 잘했다. 나도 몇 분의 선생님과 함께 식사를 하고 똑같이 식대를 지불하며 함께 생활했다.

처음 진보공고에 발령을 받았을 때 문제가 많은 학교이니 힘들 것이라고 위로하는 분도 있었다. 그러나 선생님들과 함께 서툰 솜씨로 볼링과 테니스를 하면서 친목 도모에 힘썼으며 운동

후에는 선생님들과 돌아가며 식사를 함께 했다. 선생님들 상호 간에 인격을 존중하고 윗사람으로서 관리하는 대상이 아니라 정으로 서로를 대하며 마음을 열고 이야기를 나누었다. 전교조에 가입한 두 분이 있어 신경은 쓰였으나 별다른 이견 충돌이 없이 1년을 무사히 마칠 수 있어서 감사했고 그 과정에도 보람을 느낀다.

청송군 내 교장들 모임이 있는데 친목을 위해 정기적으로 모였다. 한번은 온천장에 가서 팔이 아프다고 하니 체육전공인 교장이 내 팔을 잡고 비트니 아파서 눈물이 날 지경이었다. 오십견이니 팔운동을 많이 하라고 해서 병원에는 가지 않고 사택에서 운동을 계속했다. 벽에 붙어 서서 팔을 올리면 아파서 위로 들 수가 없었다. 수시로 철봉에도 매달리고 아픈 곳을 중점적으로 운동하였더니 4개월 지나서는 오른쪽이 괜찮아지더니 다시 왼쪽 팔이 아팠다. 지금 같으면 병원에라도 갔으련만 미련스럽게 운동만 했는데 시간이 지나니 이 또한 자연 치유되었다. 조금 아프면 바로 병원을 쫓아가는 시대에 시간이 오래 걸리지만 수술 없이 운동으로 치료하는 것이 무엇보다 좋다는 생각을 해 본다.

석보에 있는 2학년 학생이 부모님도 안계시고 자신의 처지를 비관하여 토요일 집에서 목을 매 자살한 사건이 있었다. 사정을 미리 헤아리고 상담을 통하여 어려움을 들어주고 보듬어 주었더라면 하는 후회도 되었으나 앞날이 창창한 어린 학생이 꿈을 펼치지도 못하고 져버렸으니 안타깝고 애석함은 무엇으로도 표현할 수 없이 참담하였다. 안동 화장장에 학생주임과 같이 가서 유족에게 위로하였다. 거기에 가니 다른 학교 학생도 오토바이 사고로 사망하여 화장하러 왔다. 어린 학생들의 주검을 화장해야 하는 부모의 심정이야 어떠했겠느냐마는 학생들이 제일 선망하는 오토바이지만 위험한 사고로 이어질 수 있다는 사실을 각별히 깨우쳐야 할 것이다. 학생 생활 지도에 어려움을 절감하며 힘들지만 교사로서 피할 수도 없으며 마땅히 풀어야 할 난제라는 사실도 거듭 깨닫는 계기가 되었다.

본교 1학년 2명이 이웃 여고생과의 성범죄가 있었다. 중학교 동기생으로 한마을에 사는 잘 아는 사이였다. 남학생이 다리 밑에 움막을 지어 놓고 여학생을 불러내어 사고를 쳤다. 경찰에 연행되어 영양경찰서로 구치 중에 경찰서장에게 학생이니 처벌보다는 선도하여 깨우쳐 바른 길로 인도할 것이니 선처하여 달라고 간청하고 돌아 왔다. 며칠 뒤 대구 동구에 있는 청소년 구치소에 이관이 되었다기에 일요일 면회 가니 많이 후회를 하고 있었으며 부모들 간에도 잘 아는 사이여서 합의하였기에 구치소에서 일정 교육을 이수한 뒤 학교로 돌아 왔다. 학생과에서 특별지도를 하며 선도하여 잘못을 뉘우치게 일깨우며 학생도 크게 깨달아 반성하고 이후 학교생활에 잘 적응하였다. 하지만 이 사건으로 인해 학교 이미지가 크게 훼손되어 내년 신입생 유치에도 타격이 있을 것 같아 걱정이 많았다. 전체 조례 시에 훈화로 학생들도 자신의 언행에 책임을 져야 하며 행동거지 하나하나가 자신의 장래와 직결될 수 있음을 알아야 하겠으며 이러한 불미스러운 일이 재발되지 않도록 각별히 당부하였다.

청송에서 유지의 외아들이 누나와 대구에서 생활하였는데 학업에는 취미가 없고 사고만 쳐서 본교 1학년으로 전학을 왔다. 학부형과 면담을 하였더니 학생이 전학을 거절해서 마지못해 오토바이를 사 주기로 했다고 한다. 고등학생이면 오토바이로 질주하는 것을 선망하지만 사고도 잦아서 학교가 아니라 교육청에서 학생들 오토바이 통학을 일체 금지한다고 말씀드리고 구입하지 말기를 당부하였다. 그러나 아들의 요구에 못 이겨 몰래 구입해 줘서 친구가 운전하고 뒤에 타고 가다가 운전 미숙으로 가로수를 들이받아 논으로 떨어져서 병원에 입원하였다. 중상을 입어 완전 회복은 어렵다고 하였다. 부모조차 어찌할 수 없지만 이들을 선도해야 할 교직에 있으면서 사전에 방지하지 못한 것에 무력감을 느꼈다.

진보공고 졸업식

아침 일찍 교내를 순시하니 화장실에 담배꽁초가 많아 청소를 다시 하게 할 만큼 생활 지도에 어려움이 많았다. 하지만 이들의 졸업식에서 늠름한 모습을 보니 의젓해 보였다. 성적 면에서는 중학교까지 인정받지 못한 학생이 진보공고에 진학하여 3년 동안 어려운 여건에도 불구하고 1개 이상의 기능사자격증을 취득하였으며 66명의 졸업생 중 상주산업대학에 2명, 전문대학에 22명이 진학하였으며 '광진상공' 등 중소기업에 41명이 취업하였다. 앞으로 하늘 아래 어디에서 어떤 생활을 하더라도 모교인 '진보공고'를 잊지 말기를 당부하며 이들의 졸업을 축하해 주었다. 졸업식 축사에서 졸업생들에게 당부하기를 첫째 정직하고 근면한 삶을 살기를 바라며, 둘째 남과 더불어 사는 삶이되기를, 셋째 모교에 대한 자부심과 긍지를 가질 것을 당부하였다.

진보공고는 42회의 졸업에 즈음하여 7,286명의 졸업생을 배출하여 사회 각계각층에 기여하는 유능한 선배들이 활약하고 있는 유서 깊은 학교였다. 국가가 필요로 하는 산업역군을 길러내려고 노력하는 학교이기에 항상 애교심을 가지고 학교를 기억하기를 바라며 자신의 발전이 학교의 발전으로 이어짐을 잊지 말자고 졸업생들에게 당부하였다.

사택이 진보 정류소 옆에 있는데 오래되고 낡아서 거주하기가 어려웠다. 청송에 근무하는 교육위원을 통해 아파트를 구입하기로 하고 도교육청에 신청하여 구입비가 내려왔다. 적은 빌라를 두 채를 구입하여 한 채는 교장 사택으로 쓰고 나머지 한 채는 교감이 거처하기로 했으나 교감이 꺼려서 선생님 한 분이 사용하기로 했다. 새 빌라를 사용하니 깨끗하고 좋았으나 겨울이라 연료비가 많이 들었다. 3개월 후에 본청으로 발령이 나서 이동하였다. 새 대통령 취임으로 발령이 늦게 나서 교직원들에게 작별인사도 못하고 떠나와서 지금도 미안한 마음이다.

장학직 근무

울릉교육청 장학사를 시작으로 교육연구사를 거쳐 장학관으로 경상북도교육청 과학산업교육과장직에서 정년퇴직 때까지 11년 반을 과학과 실업교육의 활성화를 위해 노력하였다.

1989년 3월 1일자로 입암중 교감에서 울릉교육청 장학사로 발령이 났다. 태풍으로 인해 포항에서 울릉도로 배가 출항하지 않아 이틀을 기다렸다가 승선하였다. 태풍의 여파가 남아 있어서 배가 요동이 심했으며 멀미로 파김치가 되어 일곱 시간여 끝에 울릉도에 도착하였다. 짐을 들고 내리니 교육장을 비롯한 교육청의 전 직원이 여객터미널에 마중을 나와서 환대를 해주니 오면서 겪은 고생은 말끔히 사라지는 기분이었다.

지금도 고생스러웠던 울릉도에서 만난 선생님을 대하면 남다른 정감을 느끼며 그 시절 추억이 새롭다. 늦가을에 고 서상태 중등교육과장이 초·중등 장학사 1명씩 대동하고 장학지도를 오셨다. 학교를 방문해서 학생들에게 학용품을 나누어 주고 교사들에게 위로금도 전달하였다. 그리고 교육청 직원들이 각출하여 숙박비로 드렸더니 대구에 도착한 뒤 답례로 내복 한 벌씩을 보내왔다. 지금이야 사라진 관례고 그럴 수도 없지만 작은 성의라도 주고받는 감사의 마음만큼은 지켰으면 좋겠다.

당시만 하더라도 울릉도가 도서·벽지 지역으로 묶여서 '나'와 '다' 군으로 분류되었으며 근무 희망자가 적어서 신규로 발령받은 교사도 있었다. 이들에게도 사택이 있어서 정작 정이 들어 계속 근무를 희망하며 또 3년 이상 근무를 희망하는 교사도 있었다. 9월부터는 교육부에서 울릉도 급지가 상향 조정되어 '가', '나' 군으로 승급되니 이번에는 희망자가 많아서 경쟁이 심하게 되었다. 연말에 도교육청에서 인사공청회가 있었으나 태풍으로 출항이 안 되었다. 울릉종고 교감과 묵호로 나가는 배편이 있다기에 교육장님께 결재를 갔더니 태풍 걱정을 하면서 허락하기에 한 달여 만에 가족을 만난다는 생각만으로 출장을 강행하였다. 태풍 뒤라 파도가 심했으며 배가 시동도 꺼지고 어렵게 항해하여 두 배의 시간이 걸려서 묵호에 도착하였다. 승합

권병규 교수님과 함께

차를 대절하여 포항에 도착해서 다시 친구와 함께 택시로 밤중에 집에 도착하니 온 가족이 걱정 끝에 반갑게 맞아 주었다. 이튿날 인사공청회에서 어제의 어려움을 토로하고 울릉도 근무자들의 애로를 대변하였다.

일선학교와 달리 울릉교육청에 근무하면 도서·벽지의 혜택 없는데 1년 근무한 뒤 다시 영덕교육청으로 발령이 나서 인사에 불만이었으나 1년 뒤 경북과학교육원으로 발령이 나니 인간사 새옹지마라고 하더니 이젠 가족과 떨어져서 혼자 생활하는

지방 근무를 면하게 되었으니 기쁨은 더할 나위 없이 컸었다.

영덕교육청에 근무할 때 국외연수와 표창 대상자를 신청하라는 공문이 왔다. 중등의 김초미 장학사와 협의해서 신청자 중 서류심사를 거쳐 특별한 공적이 있는 경우를 제외하고는 경력에 따라 결정함이 합리적이고 옳다고 판단되어 경력자를 우선 선정하였다. 그래서 도의 결정으로 선정된 선생님이 '장학사를 다시 봐야겠다.' 는 말을 들었을 때에 반가우면서도 서글픈 생각이 들며, 과거에 어떻게 하였는가 하는 반성도 해 본다.

경북과학교육원으로 발령이 나니 객지를 떠 돈 지 12년 만에 월요일 아침에 집에서 출근하는 기분은 더없이 좋았다. 2년 뒤 과학교육원이 포항으로 이전하게 되어 모든 전시물을 제대로 철거하여 다시 사용할 수 있을까? 하는 우려가 되면서 이전 때까지 건물 뒤쪽에 쌓아서 보관하였다. 울산에 근무하는 신재국 전 원장이 근무하는 학교에 일부를 대여해 주고 나머지는 쓸 수 없게 되어서 아쉬움이 남는다. 2년 후 포항으로 이전하기 전에 다시 본청으로 발령이 나니 나로서는 그나마 다행이었다.

매년 2월이면 인사 이동으로 공립학교는 어려움이 많다. 학생 수가 줄어들어 자연적으로 교사 정원이 감축되고 신규 교사가 적어서 내신 지원자를 희망지로 전보할 수가 없었고 원하지 않는 벽지로도 발령을 내야 하니 그 어려움이 왜 없겠는가. 모든 교사를 희망지로 발령 못하니 원망이 없을 수 없었다. 한번은 모 도의원이 교육국장을 통해서 여교사가 가정도 있으니 봉화군에서 경산군으로 발령해 달라는 쪽지가 왔다. 교사의 이동은 경력, 표창, 근무성적 등의 점수에 따라 결정이 되므로 어떻게 할 수가 없었다. 이 청탁을 수용하지 못하고 원안대로 결재를 올렸더니 교육국장이 장학관과 나를 호출하여 불호령이다. 정원을 조정해서라도 다시 올리라는 엄명이다. 다시 과학과 내의 정원을 조정하였으나 도저히 봉화에 근무한 지가 얼마 되지 않아 끝내 이를 수용할 수가 없었다. 인사이동이 끝난 후에 도의원이 교육국장을 오라고 전화가 왔다기에 걱정이 컸었다. 그래서 내가 도의원이 대구고등학교 제자라기에 전화를 해서 인사형편을 이야기하고 도저히 그렇게 할 수 없음을 이해시켰다. 외부에서는 일반 공무원이나 회사처럼 교사의 이동이 인사권자의 마음대로 대는 줄 알고 청탁 아닌 부탁을 하는데 나름대로의 원칙과 기준이 있음을 알아주었으면 좋겠다.

가령 포항시에 발령이 가능한 교사 중에서 중·고등학교의 발령 구분은 점수에 관계없이 해당 교사의 학력이나 경력 여부에 따라 중학교는 지역교육청으로 고등학교는 학교별로 발령을

훈장 전수

한다. 인사를 위한 자료는 점수 순에 따라 장판지를 작성하고 이동학교를 결정하며 다시 발령 자료를 수기로 작성한다. 그런데 한 자라도 잘못 기록하면 전부를 재작성해야 한다. 현재는 컴퓨터로 작성하므로 작업과정이나 수정이 용이하지만 당시는 매우 힘든 작업이었으니 이 역시 세월이 흐른 덕분이라 하겠다.

우리나라는 부존자원이 부족하기 때문에 수출산업이나 두뇌개발에 힘써야 한다. 특히 기초과학 교육에 충실하여 정보기술산업의 육성이 더욱 중요하다 하겠다. 실험 실습의 확대로 창의력을 개발하고 과학전람회, 발명품 경진대회 등에 적극 참여하여 학생들의 아이디어 개발에 힘쓰며 과학교사도 신념과 긍지를 갖고 국가 발전에 이바지한다는 사명감으로 인재를 양성해야겠으며 또한 이들의 주기적인 재교육도 실시해야 한다고 생각한다.

과거 실업교육의 장려 정책으로 인문고와 실업고의 숫자는 50:50으로 엇비슷하였다. 그래서 도내 실업계 고등학교가 80여 개나 되었으나 시대가 변하면서 실업계 고교에 대한 학생들의 선호도가 낮아지면서 학교 수도 해마다 점차 줄었다. 특히 각 시군별로 농고가 있었으나 1차 산업에서 2, 3차 산업으로 바뀌면서 농업에 대한 인식도 달라지면서 현재는 안동생명과학고와 김천농공고 두 개 학교로 명맥을 이어가고 있다. 영농전진대회 등을 통해서라도 학생들의 능력을 발휘하도록 적극 지원하고 현 시대에 맞게 개편 보완해 가면서 시류에 맞추어 나가야 하겠다. 또 실업고의 육성도 과거의 주판, 타자를 쓰는 시대와는 달리 컴퓨터가 보급되면서 상업고등학교라는 교명은 없어지고 정보통신고, 인터넷고 등의 특성화고등학교로 변경되었거나 아예 인문계 고등학교로 전환하고 있다. 또 공업고등학교도 3D업종에 속해서 학생들의 지원이 적어 어려움이 크다. 그래서 세계기능올림픽대회 준비를 겸한 전국기능경기대회도 개

정년퇴임 훈장 수여 기념

최하여 이들의 능력을 개발하고 사기를 북돋우고 있다. 이러한 노력은 한국이 매년 세계기능올림픽에서 1위를 하여 국위를 선양할 뿐더러 산업역군을 길러내는 데에도 크게 기여하고 있다. 현재는 산업 현장에 일군이 부족해서 외국 노동자를 고용하고 있으니 실업고 졸업자에 대한 인센티브를 주어서라도 이들이 긍지를 갖고 실업고를 지원하고 졸업해서는 원하는 기업에 취업할 수 있도록 제도적 지원이나 시스템을 갖추어야 하겠다.

1998년 3월 1일자로 진보공업고등학교장에서 도교육청 과학담당 장학관으로 발령되어 그 후 과학산업교육과장으로 과학과 실업교육에 힘썼으며 3년간의 정년 단축으로 이전보다 일찍 퇴직하게 되었다. 친구들이 '교육장을 역임해야하는데' 하는 위로의 말도 했으며, 도都 교육감도 교육장을 시키지 못해서 미안하다고 말했다. 그러나 과장으로 퇴임한 것만으로도 자랑으로 생각하지만 한편으로는 교장으로 퇴직하지 못하고 과장으로 정년을 마쳐 아쉬움은 남는다.

과학교육에 힘써 온 그 시절을 기억하고 함께한 세월을 추억하기 위해 장학관을 지낸 분들을 중심으로 1998년부터 9명이 모여 장관회(사수회)를 조직하여 매월 4째 수요일에 모임을 가지고 옛정을 나누고 있으며 이 모임도 오래도록 지속되기를 기대해 본다.

4장

퇴직은 또 다른 시작

내가 설 자리

부모님도 돌아가시고 친구들도 하나둘 이 세상을 하직하고 있다. 정유년을 맞이하면서 내 나이도 산수傘壽인데, 지금 난 무엇을 하고 있는지 돌이켜 본다. 지금껏 잘 해서 자랑스러운 것보다는 잘 못한 일이 더 뇌리에 떠오른다. 가장으로서, 집안 어른으로서 남은 인생을 베풀면서 살아가기를 희망하며 내가 서 있는 그루터기를 하나씩 펼쳐 본다.

【원터가족 모임】

'원터(어머니의 택호) 가족'은 부모님의 은덕을 기리기 위해서 함께하는 남매들의 모임이다. 칠남매의 맏이로서 항상 책임감을 느낀다. 동생들도 우애 있게 잘 지내므로 더 바랄 것은 없다.

기철이 회갑 기념

부모님 제사나 명절에 만나 웃음꽃을 피운다. 또 여름철에는 매년 고향집에 모여 하룻밤을 지새며, 형제자매의 정을 나눈다. 앞으로도 변함없이 우애의 정 다질 수 있기를 기대한다. 조카, 질녀들도 현재처럼 무탈하게 지내고, 여섯 명의 손자 손녀도 학교에 잘 다니고 무럭무럭 자라고 있으니 이 또한 즐거움이 아닌가. 앞으로 올곧게 자라 사회에 기여하는 큰 일꾼으로 성장하도록 기대한다. 그래서 이들에게 중·고등학교와 대학에 진학할 때는 장학증서를 주어 격려한다.

【사여공종친회】

'사여공종친회史如公宗親會'는 성산 여씨 14대 성거(호: 나은)의 2째 아들인 야(자: 사여)의 후손들 모임이다. 1956년에 가구당 벼 40근에서 100근을 형편에 따라 갹출해서 이를 기금으로 운영하고 있으며 장리를 놓아 재산을 늘렸다. 매년 음력 10월 18일에는 아버지가 초청해서 모임을 가져왔으나 1973년부터는 당숙 석환石煥댁을 시작으로, 윤번제로 회원 가정을 방문하여 친목을 도모하고 있다. 그 후 매년 11월 첫째 일요일에 순번으로 가정에서 모임을 가져 왔으나 이 또한 번거로워 2008년부터는 식당

사여공종회 월회당 방문

에서 모임을 이어가고 있다. 본회는 친족 모임이면서 회원 상호간의 유대를 강화하고 친목을 도모함을 목적으로 한다.

2007년 11월 4일에는 조상의 뿌리 찾기 일환으로 회원 45명(남 24명, 여 21명)이 숭조당, 월회당, 경재당 등을 방문하여 선조들이 남기신 발자취를 더듬어 보기도 하였다. 처음으로 일가친척이 함께한 자리여서 서로의 안부와 친목을 도모하는 소중한 기회였으며 이 모임이 앞으로도 계속 이어지기를 기대한다. 매년 음력 10월 15일에는 조상의 유골이 안장되어 있는 숭조당에서 묘사를 지내며 참석자에게는 만 원씩 여비를 지원한다. 본회는 2015년 현재 42세대(120여 명)로, 대부분 대구에 거주하고 있다. 사여공종친회를 20여 년간 이끌어 오고 있으며, 종중의 묘사, 모임 등 종중 소식을 전달하고 참여를 권유하고 있다.

【월봉회】

처 증조부의 호를 딴 '월봉회月峯會'는 1987년 2월 24일 결성하여 매년 1월 1일 모임을 갖고 있다. 회원은 모두 11쌍(처가 6남매, 종처가 5남매)인데 내가 제일 맏이여서 회를 이끌고 있다. 회원 가정을 방문하다가 식당에서 모임을 갖고 있다. 처가 친족들의 모임인 만큼 회원 상호간의 친목을 도모하고 상부상조를 목적으로 하고 있다. 회원의 정년퇴직이나 회갑을 맞으면 순금 10돈의 행운열쇠를 증정하고 있다. 그런데 회원의 연령차가 20년이 넘어서 젊은 회원은 일찍 증정하였다. 앞으로도 회원 상호간의 우애와 정이 변치 않기를 바라는 심정이다.

지금껏 내가 활동하고 있는 모임들을 나열해 보았는데 성실한 자세로 항상 현재의 위치에서 최선을 다하겠다는 다짐으로 하루하루를 보낸다. 그러면서 나만의 삶이 아닌, 내 주위 다른 사람을 위한 헌신과 봉사의 삶이 되었으면 하는 심정으로 내일을 맞는다.

숭조당에 모시다

세월이 흐름에 따라 모셔야할 조상님은 많아지고 참례할 사람은 점차 줄어드니 해마다 산소 벌초나 묘사 지내기가 어려워 문중 어른들이 모여서 논의한 결과 시류時流에 따라서 납골당을 조성하여 흩어져 있는 산소를 모으기로 하였다.

2002년 충북 옥천의 종중 토지를 매각한 돈과 성주군청에서 5백만 원을 지원 받아 5천여 만 원으로 5백 여 기를 수용할 수 있는 납골당을 조성하기로 하였다. 2003년 성주 초전면 용성리 와룡 선산에 숭조당崇祖堂을 조성하였다. 성산 여씨 성주 수촌계파 중에서 12세 효정孝程 할아버지의 장손 14세 성거聖擧(호:나은)의 종중으로 나은공 종친회장인 여영동 씨가 납골당 조성을 주관하였는데, 나는 둘째 집의 업무를 맡기로 하였다. 나은공 할아버지께서는 4형제를 두었는데 납골당 정면에는 첫째 집을, 그 좌측에 둘째 집, 뒤쪽에 셋째 집, 우측에 넷째 집 조상을 모시기로 하였다. 둘째 집은 항렬이 낮아 동東자, 그 외는 연淵자 이상은 경비 일체를 종중에서 부담하고, 그 이하는 입당비로 삼십만 원씩을 받기로 하였다.

숭조당 건립비

2004년 3, 4월에 분묘를 개장하여 유골을 화장해서 숭조당에 모시기로 하였는데, 맨 처음 와룡에 있는 400여 년 된 원위를 개장하니 구(柩, 널)가 그대로 있어 어떻게 할 것인가 논의가 있었다. 그래서 한 기에 25만 원씩 들여 삼백여 기를 안장하였다. 실묘한 경우에는 함만 비치하였다. 숭조당 안에는 숯을 넣은 주머니를 함 주변에 놓아서 십여 년이 지난 지금까지 변화 없이 깨끗하게 잘 보관되고 있다. 함에는 몇 세世, 이름 그리고 출생

숭조당 전경

일과 사망일, 아들 손자의 이름을 기록하였다.

성주 벽진면 자산리 산113-1번지에 10대조 야, 9대조 제창齊昌, 6대조 문규汶奎 세 분의 묘가 있어 묘사를 지낼 때마다 길이 없어서 제물을 나누어 지고 가야 하는데 제군이 적어 어려움이 많았었다. 2003년 묘사를 마지막으로 숭조당에 모시게 되어서 지금은 그런 어려움은 덜었다.

2004년부터 나은공 종친회에서 몇 개 조로 나누어 돌아가면서 벌초를 하기로 하였는데 2005년에는 사여공 종친회에서 숭조당과 나은공 묘를 벌초하기로 하였다. 그래서 9월 4일 남녀 18명이 예초기를 준비하여 함께 벌초한 후에 점심식사를 하면서 우애를 다졌으며, 적극 참여하는 조상 숭배의 기회가 되어 감사의 말씀을 드린다. 그 다음 조부터는 제대로 되지 않아 수촌(징기)에서 매년 벌초 수고를 하고 있다. 그 고마움을 잊을 수가 없다.

음력 10월 15일 숭조당과 나은공 묘사에 많이 참석하도록 알려서 참례가 많으며, 또한 추석 성묘에 집안 일족이 많이 모여 오랜만에 반갑게 만나 음식도 나누며 즐거운 시간을 가질 수 있었다. 앞으로 세월이 흐르더라도 조상 숭배하는 일이니 변치 말고 많은 종원들이 참석해서 조상의 음덕을 기릴 수 있기를 다짐하였다.

숭조당에 추가로 입당할 때에는 입당비를 내고 입당 시는 유고제를 지내는데 '숭조당 입당 고유문'을 소개한다.

'신묘년 9월 20일 고애자 (장우)는 삼가 고하나이다.

아버님께서 (부처님)의 부르심에 따라 이 세상을 하직하여 숭조당에 조상님들과 함께 모시게 되어 슬

픔을 금할 길 없사오나 편히 계시기를 기원 드립니다. 선대 조상님들께서는 저의 아버님을 너그러이 보살펴 주시기를 엎드려 비오니 도와주옵소서. 이에 저의 마음 가눌 길 없어 맑은 술과 음식을 올리오니 흠향하시옵소서.'

여러 조상님들을 숭조당에 모시니 교통도 편리하고 한 번으로 묘사를 드리고 성묘까지 할 수 있게 되어 옛날처럼 번거로움은 덜었다. 앞으로도 많은 종원이 참석해서 전통 관습인 상례가 미풍양속으로 이어져서 조상의 음덕을 기리며 이를 계기로 후손들이 친족 간의 우애와 화목을 다지며 종족으로서의 일체감을 찾기를 기대해 본다. 항상 종중 일에 헌신적이신 나은공 종친회장 영동 대부님에게 심심한 사의를 표합니다.

아쉬움이 서리다

부모님은 고향을 지키면서 평생을 농사일에 골몰하시다가 돌아가셨다. 한평생 자식을 위하여 헌신하셨으니 그 뜻을 기리려고 하나 못 미치는 것에 항상 죄스러움이 남는다.

정년퇴임 후 부모님 은공에 어떻게 보답할 것인가를 생각을 하였다. 퇴직금으로 별장을 짓는 분도 있었지만 부모님이 계시고 내가 자라난 고향이 먼저 떠올랐다. 고향집은 본채 4칸 겹집의 기와집이었다. 그러나 아래채(창고, 외양간, 방, 헛간)는 오래되어 허물어질 정도였으며 화장실도 실외에 허술하게 있어서 불편하기 짝이 없었다. 퇴직금의 일부가 있어 추석에 동생들과 논의하였다. 시골에 투자할 필요가 있는가 하고 반대도 있었지만 부모의 여생을 보다 편하게 지내시기 위해서라도 이때가 아니면 못할 것 같아 실행에 옮겼다.

아래채를 헐고 평당 일백만 원의 건축비로 16평의 조립식(판넬 100mm)으로 짓기로 하고 기학이가 5백만 원을 보태어 본채에 붙여 ㄱ자로 건축하였다. 또 기학이 집에 여분 판넬이 있어 실외의 화장실도 개조하고, 그 옆 창고도 개축하였다. 실내에 화장실이 있으니 겨울에도 편히 사용할 수 있게 되었다. 집 앞에 화단도 조성하고 나니 한결 집이 깨끗하게 되었다. 집을 헐어낸 기둥과 서가래 등 재목의 일부는 이웃에 나누어 주고, 나머지는 잔치나 큰일이 나면 화목으로 쓰려고 한 곳에 모아 두었다.

2년 후 아버지가 돌아가신 뒤 어머니는 혼자 계시기가 곤란하여 대구로 오셔서 주로 기학이 집에 기거하셨다. 어버이날이나 8월 말 마을 계추가 있으면 모시고 가서 매년 참석했다. 또 농사를 지을 때 고향에 모시고 가면 마을 어른들과 정담을 나누며 즐거워하셨다. 도회지에서 혼자 계시가다 고향 어른들과 어울리시는 밝은 모습에 한결 흐뭇해 보였다.

아버지가 돌아가시자 논(1,000여 평)과 약간의 밭을 유지에 따라 짓기로 하였다. 농사 경험이 없는지라 걱정이 많이 되었다.

생전에 아버지께서 '물을 대 줄 테니 농사 한번 지어 볼래?'하고 권하셨으나 한 귀로 흘러들었다. 살아 계실 때 배워둘 걸 하는 아쉬움이 남았다. 숲 해설사로 대구수목원에 매월 10일간씩 활동을 하고 주말에나 고향에 와서 농사일을 하니 어려움이 많았다. 특히 다랑논(8개)이라 물을 잡는 것이 어려웠다. 논에 물을 잡아 로터리(땅 고르기)를 하고 이앙기로 모를 심는다. 기계가 빠뜨린 곳은 모를 구하여 주로 내자가 보식을 했다. 이앙 후에는 작은 알맹이로 된 비료와 제초제를 뒤섞어서 손으로 뿌려 준다. 모와 함께 기계 이앙은 경비가 많이 들어 문제였다.

한 해는 볍씨를 물에 담가 약간 싹이 튼 후 손으로 뿌리는 직파를 하였다. 조밀하게 뿌려진 곳에서는 벼의 포기가 적게 벌어지고 드물게 난 곳은 많게는 20포기까지 불어났다. 직파하면 모가 무질서하게 서 있으니 관리가 어렵고 한 포기씩 얕게 심어서 바람에 잘 쓰러진다. 수시로 수초나 피를 뽑아 주지만 한 여름 뙤약볕 아래에서는 일하기 힘들어 게으름을 피웠더니 수초가 무성하게 자랐다. 또한 이웃의 논두렁에는 제초제를 뿌려 풀 한 포기 없으나 우리 논두렁은 풀이 무성하여 낫으로 베었다. 가급적 제초제를 적게 쓰는 저농약 농법으로 지으려 노력하였다. 피만 죽이는 제초제도 있다고 하나 사용하지 않았다.

10월이 되어 콤바인으로 탈곡하여 20kg씩 포대로 담아 놓는다. 60여 개의 포대를 옮길 수 없어 기철이를 불러 도움을 청했다. 참외 비닐하우스를 빌려 벼를 말려 정미소에 저장해 놓고 필요할 때 도정해서 동생과 자녀들에게 식량으로 나누어 주고 남는 것은 이웃에 팔기도 하였다. 경비와 노력을 계산하면 사먹는 것에 비해 오히려 비싸지만 내 논에 농사를 지어 양식으로 삼는 것만으로도 감사하고 보람되었다. 벼 재배하는 과정을 통해 쌀 한 톨의 귀함을 새삼 느끼겠고 또 손자들에게는 체험학습의 기회가 되었으니 일거양득의 경험이었다.

밭에는 도라지와 몇 가지 채소를 심었다. 도라지 씨를 파종하고 싹이 나면 주위의 잡초를 제거한다. 수시로 풀을 뽑아주고 있으나 여름철이 되면 감당할 수 없어 바랭이 천지가 된다. 주인님 바랭이도 못 이기냐며 짜증을 내는 것 같다. 3년 된 도라지는 캐서 나물로도 해 먹고 남는 것은 이웃에 나누어 주기도 했다.

왼쪽 가슴에 벌레에 물린 자국과 주위에 붉은 반점이 있어 병원에 갔더니 쯔쯔가무시병이라 하여 주사를 맞고 약을 먹었더니 쉽게 치료가 되었다. 벼를 말리는 비닐하우스 안이 더워서 벗어 놓은 옷에 쥐의 쯔쯔가무시 균을 지닌 진드기가 옮겨온 것이다. 야외에서는 함부로 옷을 벗어두어서는 안 된다는 사실을 몸소 체험했다. 모기나 벌에 민감한 체질이라 쏘이면 붉은 반점이 크게 나타나고 가렵다. 한번은 논두렁의 잡초를 낫으로 제초하다가 땅벌에 얼굴과 손에 쏘여 눈을 뜨기도 어렵고 많이 붓기도 했다. 성주 병원에서 치료를 하고 오후 늦게 간신히 대구에 도착하였다.

5년 동안 농사를 지었으나 수확할 때 포대를 옮기는 것도 힘들고, 매번 대구에서 다니기도 어려웠다. 그래서 아쉬움은 남지만 포기하고 소작으로 넘겨주려 했으나 마을에는 참외 농사로 바빠 소작을 꺼렸다. 벼농사를 전문으로 하는 분에게 한 마지기당 쌀 반 가마니로 소작을 부탁하였다.

농사를 지을 때에는 그래도 자주 찾던 고향이지만 지금은 발길조차 뜸해졌다. 태어나서 유년을 보낸 고향이고 성년이 되어서도 부모님이 기거하시던 곳이기에 잊을 수도 없고 항상 그리움의 터전이었으며 지금은 부모님을 모신 곳이기에 자주 못 가는 안타까움과 아쉬움이 크다. 어릴 적 골목을 누비던 친구들이 하나둘 곁에서 멀어지듯이 고향도 점점 희미해지고 아스라이 사라지는 것 같아 생각할 때마다 가슴이 멍해지고 그리움만 쌓인다.

숲속의 대화

숲에는 나무만 있는 것이 아니라 들꽃과 새, 짐승과 곤충, 그리고 헤아릴 수 없이 많은 미생물이 어울려 함께 살아간다. 이들의 더불어 사는 삶을 통해 우리 인간들도 다른 사람과 어우러져 함께 사는 지혜를 배울 수 있다.

대구 중구 노인인력기관(Senior Club)에 등록하고 일정한 교육을 이수한 뒤 2004년 6월에 제2기로 '숲생태해설사' 자격증을 취득하였다. 대구수목원에서 학생들을 대상으로 월 10일간씩 봉사활동을 하였다. 해설사 45명이 7개 조로 나누어 찾아오는 학생들을 분담하여 해설하였다.

어느 유치원에서 왔는지 어린 친구들이 줄지어 서 있다. “어느 유치원에서 왔어요?” “별빛유치원입니다” “똑똑하네요, 반가와요. 앞으로 나를 따라 오세요. 흩어지면 안 됩니다.” “여기는 어디예요?” “대구수목원입니다.” 소리 높여 대답한다. “여기는 무엇을 하였던 곳인지 알아요?” “…” “여기는 여러분들 집에서 나오는 쓰레기를 몇 년 간 모아두었던 곳이에요. 쓰레기를 모아 두었으니 어떨까요? 고약한 냄새도 나고 파리, 모기 등 벌레가 많이 들끓는 쓸모없는 곳이었어요. 그런데 그 위에 여러분들 키만큼 흙을 쌓고 꽃과 나무를 심어 현재와 같이 되었어요. 좋아요?” “예” 나뭇잎이 귀여운 꼬마들이 왔다고 다투어 한들거리며 손짓하고 있는 것 같다. 꽃들은 활짝 핀 얼굴로 반갑게 같이 놀자고 한다. “여러분을 이렇게 반기는 나뭇가지를 꺾으면 아파하겠지요?” “예” 한 포기의 식물이라도 아끼는 마음이 들도록 일깨워 본다.

“공벌레다” 공벌레(콩벌레)는 절지동물 갑각류로 적이 나타나면 몸을 공처럼 둥글게 말아 자신을 보호하는 습성이 있기 때문에 붙여진 이름이다. “공벌레가 여러분들과 같은 꼬마 친구를 보고 귀엽다고 환영하려 나온 거야. 손으로 잡으면 아프다고 몸을 말아 공같이 하는 거야” 어린 친구들이 유심히 관찰하며, 시간가는 줄을 모른다. “나비다” 나비가 고운 날개를 팔랑이며

숲해설사 현장학습

마중을 나온다. 이 꽃 저 꽃을 오가며 친구가 되어 같이 놀자고 한다. "나비야 나비야 이리 날아 오너라" 합창을 하며 환영한다. 함께 어울려 친구가 되어 정겨운 시간을 보낸다. 큰 나무에서부터 보잘것없는 작은 벌레까지 한곳에 어울려 사는 것이 숲이다. 우리 인간도 이러한 자연의 일원으로 더불어 살아간다. 숲을 가꾸고 보호해야 하는 이유도 여기에 있다.

"여기 큰 공과 같은 것은 무엇일까요?" "지구본이라고 해요" "우리나라를 찾아보세요?" 그러나 작아서 찾기가 어렵다 "여기 있어요" 작지만 우리나라가 새겨진 것을 보고 반가워한다. 분수대에 있는 분수가 힘차게 올라가는 것을 보고 "와" 하고 감탄을 한다. 분수를 보고 느낀 점이 무엇이에요? "시원하다", "힘차다", "나도 높이 오르고 싶다" 등으로 자신의 생각을 거침없이 말하는 천진난만한 어린 친구들을 보면서 이들이 살아갈 미래를 생각해 본다.

"선생님 코에 털이 보여요" "코털은 왜 있는지 알아요?" "호흡할 때 공기에 있는 먼지를 걸러내기 위해서 있는 거예요" "신체에 있는 모든 것은 다 필요가 있으며 없으면 불편하기 마련이에요." "선생님 다리가 아파요 밥은 언제 먹어요?" 점심시간을 정해주면 각자가 준비한 음식을 먹느라 정신이 없다. "선생님 이것 잡수세요." 하면서 과자 1개를 준다. 고맙기도 하면서 손자를 보는 것 같아 귀엽고 흐뭇하다.

이번에는 초등학생을 맞이한다. "어디서 왔어요?" "인지초등학교 4학년 2반입니다." "반갑습니다." "우리가 살아가는데 반드시 필요한 것은 무엇일까요?" "밥, 물, 공기, 친구, 어머니 등입니다." "다 필요하겠지요. 그 중에서 단 5분이라도 없으면 안되는 것이 무엇일까요?" "호흡에 필요한 공기입니다. 공기 중에 필요한 것은 산소(O_2)입니다." "산소는 어디에서 만들어질까요?" "잎에서 우리가 호흡할 때 나오는 필요 없는 이산화탄소

(CO_2)와 뿌리에서 흡수한 물이 햇빛을 받아 광합성(탄소동화작용)을 할 때 우리에게 필요한 산소가 나옵니다." "그렇기 때문에 식물이 없으면 사람이 살 수가 없어요. 그래서 나무를 심고 또 가꾸고 있습니다." 그 외에도 숲의 좋은 점을 들어 이야기한다. 숲은 산소공장이요 천연 에어컨이지요. 그리고 천연 공기 정화기이며 커다란 녹색 댐이면서 천연 음식창고이고 야생동물의 보금자리라고 설명을 덧붙인다. 숲이 우리 인간의 삶에서 얼마나 중요한 역할을 하는지 깨닫게 해준다.

대구수목원 규화목

"규화목(硅化木 Silicl fled wood)을 보세요. 생성 연대는 언제일까요?" "약 500만~1,000만 년 전(신생대 말기)에 생성되었습니다." "원산지는 인도네시아인데 이산화규소(SiO_2)가 땅속에 묻힌 나무의 조직 속에 침투하여 굳어진 화석이에요." 하면서 설명을 해 준다. 나무의 원래 형태와 구조가 잘 보존되어 있어서 고대 식물과 당시의 기후 등을 연구하는데 활용한다면서 이를 통해 지난 과거를 돌아보고 관찰할 수 있는 기회가 되고, 고생물학에 대한 매력을 가질 수 있는 기회가 되었으면 하는 바람을 가져본다.

학생들이 없으면 조별로 두류공원이나 달성공원 등을 찾아 숲을 관찰하고 토론을 한다. 매년 1, 2회씩 강릉수목원 등을 방문하여 숲 해설에 필요한 지식을 익히며 서로의 우정도 쌓아가고 있다.

숲 생태는 숲속 온갖 생물들의 집합체이다. 숲속에서 조용히 귀를 기울이면 주위에서 일어나는 작은 소리나 미세한 움직임을 관찰하며 이들의 생명활동을 엿볼 수 있다. 그래서 생명의 경이감과 아름다움들을 느낄 수 있다. 숲과 우리 인간은 서로를 필요로 하며 사람들은 숲의 중요함을 인식해야 할 것이다. 그런 차원에서 대구광역시의 이러한 수목원 운영이나 타 도시에 비해 많이 심은 가로수 식수도 그 의미가 크다 하겠으며, 그래서 대구의 여름철의 온도도 분지인 것에 비해서는 낮다고 한다.

노인일자리 지원 사업에서 많은 사람의 혜택을 주기 위해 3년을 만기로 하기 때문에 4년 만에 그만 두었다. 지금도 그때 함께한 10명이 '수목회'를 조직하고 매월 1회씩 모여 숲 해설에 대하여 논의하고 있다. 함께 했던 대구수목원을 잊을 수가 없어 매년 1회씩 방문하고 있으며 과거에 있었던 재미나는 이야기로 꽃을 피운다. 지금도 그때를 생각하면 다시 할 수 없음이 안타깝고 그 시절이 그립다. 올해는 10월 말에 국화를 전시한 대구수목원을 찾아 모처럼 가을의 표상인 국화꽃과 어울려 가을 향기를 만끽하였다. 온실과 실도랑을 추가로 만들고 해마다 발전하는 모습을 볼 수 있어 반가웠고, 이제는 나무가 크게 자라 제 모습을 갖추어 가고 있었다. 방문하는 사람도 점점 많아져서 숲 생태 해설사의 역할이 더욱 중요하리라 생각되었다.

교직에 있을 때에는 교실에서 이론 수업을 주로 했으나 수목원에서 실제 생물들을 마주하면서 식물의 이름이나 유래, 효용 등을 찾아오는 학생들에게 일러주고 직접 체험할 수 있게 하는 것도 전직 생물교사로서 또 다른 의미 있는 활동이라 자평해 본다. 다만 지금은 열정에 비해 이를 펼칠 기회가 없다는 것에 아쉬움이 남을 뿐이다.

매일 맞이하는 친구들

매일 자신에게 먼저 와 달라고 손짓하는 친구들이 있다. 아침마다 내 손길을 기다리는 말 못하는 화분의 수목들이 그들이다. 눈길 주는 순서는 없지만 위, 아래 살피면서 어디 아픈 곳은 없는지 살펴가며 물을 준다. 이 친구들도 영롱한 눈빛으로 쳐다보는 것 같다.

70년대 국가시책의 일환인 산림녹화 사업으로, 일선 학교에서도 유실수 묘목을 길러 인근 산에 심었다. 학교마다 2, 3평의 묘포를 만들어 밤나무, 은행나무 등의 유실수를 파종하거나 꺾꽂이를 하였다. 포항여고에서 은행나무를 파종하여 3년생을 산에 이식하고 남은 한포기를 화분에 심어 30년 넘도록 키우고 있다. 땅에 심었다면 지금은 거목으로 자랐겠지만 화분에서는 50cm정도의 난쟁이로 자라고 있다. 나무로 봐서는 얼마나 고통스러울까 안타깝고 미안한 생각이 든다. 뿌리 사이에 씀바귀가 자라나서 캐어내고 또 캐어내도 뿌리가 조금만 남아 있으면 또 자란다. 비록 환영받지 못하는 미물이지만 생명력은 대단해서 그 끈기만은 배울만하다 하겠다.

화령고등학교 근무할 때인데, 자율학습 시간에 한 학생이 주먹 만한 다래나무의 뿌리를 깎고 있기에 이를 얻어 화분에 심어서 살아나게 하였다. 현재 향나무에 올려서 기르고 있는데 다래가 열리기만을 학수고대하면서 나무와 얽힌 지난 추억을 떠올려본다. 입암중학교에서는 공휴일에 김 선생의 안내로 큰 느티나무 밑에서 애처롭게 뿌리내린 굵고 작은 나무를 채취해서 분재로 심어서 지금까지 20여 년을 키우고 있다. 줄기는 더 굵어졌지만 제 힘으로 크는 것이 아니기에 서 있는 자세는 자연스럽지 못하다. 내 마음 가는 대로 모양을 잡았기에 나무에게는 죄 지은 것 같고 자연의 섭리에 역행하는 것 같아 괜히 미안해진다.

도교육청 구내에 오죽이 있었는데 땅속 줄기를 캐서 이를 화분에 심었다. 제대로 크지를 않아 다시 화단에 심었다. 다행히 잘 자라서 화단 밖으로 땅속 줄기가 뻗어나가 잘라도 계속 뻗어 나가서 그 일부를 잘라 지인들에게 분양도 하였다. 처음에는 새끼손가락보다 훨씬 작더니 몇 년 지나서는 엄지손가락만큼 굵게 자랐다. 죽순이 올라올 때는 녹색이다가 1년이 지나면 줄기가 검기 시작해서 검은 대나무(오죽)가 된다. 자연히 자라는 온 과정을 관찰할 수 있다. 이제는 모두 없애고 잊지 않기 위해 화분에 한 포기만 키우고 있다. 앞으로 잘 자라서 아름다운 지난 추억을 잊지 않게 해 주기를 기대한다.

뒷집에서 왜철쭉을 키우고 있었는데 내자가 몇 포기를 얻어 왔기에 꺾꽂이를 해서 포기를 늘였다. 5월이면 너도 나도 할 것 없이 온 집안이 왜철쭉의 갖가지 꽃 색깔로 화려하기 그지없다. 마치 서로 잘 보이려고 경쟁하듯이 미소 짓는 것 같다. 왜철쭉은 꺾꽂이가 잘 되며 1년만 지나면 꽃이 핀다. 한 그루에 여러 색의 꽃을 볼 수 있다. 꽃이 필 때는 물을 자주 주어야 하며 이 때에는 더욱 신경 써 살펴야 한다. 이제는 이웃에 자랑도 하며 화분에 심어 선물도 한다. 하찮은 것이지만 이웃과 나눌 수 있는 정이기에 가꾸는 기쁨을 느낀다. 지금은 왜철쭉 77본, 묘목으로 71본이 있고 분재목도 80본, 초본이 32본으로 계속 늘어나고 있다. 하루라도 물을 주지 않으면 물 달라고 나를 쳐다보며 조르는 것 같다. 이 친구들 때문에 여름철에는 하루도 집을

왜철쭉

비울 수 없다. 비록 말 못하는 식물이지만 상태를 헤아리고 배려하는 마음과 이를 위해 헌신해야 하는 마음 씀씀이를 배운다. 또한 3, 4년 된 것은 분갈이를 하면 솜털뿌리가 작은 화분에 꽉 차서 2/3정도를 잘라내고 녹소토를 넣어 주고 다시 심는다. 내자는 옆에서 '속이 시원하겠다.' 고 한마디 말을 거든다. 또한 엇가지를 잘라 주고 하는 것이 하루의 일과가 되었다. 왜철쭉의 고운 꽃을 보면 마음마저 평온해져 온다.

분재는 제멋대로 자라지 못하게 철사로 감고 비틀어 모양을 잡아서 소형으로 키운다. 전혀 자연스럽지 못하고 순리에도 맞지 않지만 나무는 한마디 불평 없이 가꾸는 대로 적응한다. 사람으로 친다면 온전하지 못하고 사지가 불편한 장애인이다. 자연에서 큰다면 제멋대로 자랄 것을 사람들의 고약한 취미가 이들마저 삶을 불편하게 만들었다.

나이트블루밍 쟈스민은 밤에 피고 향이 많은 꽃이라 해서 '야래향'이라 부르기도 한다. 1년에 1m 정도 웃자라며 작은 꽃들이 9월이 되면 밤에 피는데 정말로 그 향기가 온 집안에 가득하며 마치 이 밤은 '내가 제일이다'고 뽐내는 것 같다. 이 친구는 오후만 되면 늘어진 잎이 마치 물을 달라고 보채는 것 같다. 증산작용을 제일 왕성하게 하며 하루에도 2번씩 물을 주어야 한다. 겨울에는 실내로 옮겨야 하며 잎은 대부분 떨어진다. 손길이 많이 가서 애를 먹이는 친구다.

화단 귀퉁이에 고목古木인 무화과나무 한 그루가 자리 잡고 있다. 잎겨드랑이에 열매 같은 꽃 주머니가 달리는데 꽃이 그 속에 꼭꼭 숨어서 피지만 보이지 않아서 '무화과無花果'라는 이름이 붙여졌다. 꽃받침과 씨방이 자라서 과육을 만드는데 하과는 7월에, 추과는 8, 9월에 익는다. 직박구리, 참새가 찾아와서 익기 시작하면 좋은 것만 골라 쪼아 먹는다. 빼앗기지 않으려고 내자가 망을 씌우자고 해서 모기장 천을 8m씩 세 토막 이어 붙여 무화과나무 위를 덮어 씌웠다. 덕분에 무화과를 온전히 딸

수 있었는데 그대로 먹거나 토마토와 같이 갈아서 먹어도 별미이고 잼으로 만들어 먹기도 한다. 혀가 그 맛을 알아서 해마다 정성스레 관리한다. 키워서 먹는 즐거움마저 있으니 무화과에게 고마움을 느낀다.

10월이 되면 담쟁이 덩굴이 제일 먼저 붉은 옷으로 갈아입는다. 또 피라칸다의 열매도 붉은 색으로 변한다. 이 친구들을 바라보고 있으면 염량의 흐름과 덧없이 흘러가는 세월의 빠름을 새삼 절감하게 된다.

겨울 준비로 거실 앞, 큰방 앞, 마당 세 곳에 작은 비닐하우스를 지어 월동 준비를 한다. 거실과 큰방 앞에는 주로 왜철쭉을, 마당에는 그 외의 분재들을 보관한다. 화분을 옮길 때마다 때죽나무, 모과나무는 꽃을 피우지 않는다고 불평한다. 겨울은 춥지 말라고 비닐하우스에 키워서 잎만 무성하고 꽃이 피지 않는다. 사람처럼 너무 응석으로 키우면 사회 적응에 어려움이 있듯이 식물도 마찬가지다. 금년부터는 추위에 적응할 수 있도록 혹독한 훈련을 시킬까 보다. 말할 수 없는 식물이라도 자식 키우듯 보살피면 손길 간만큼 대가를 얻을 수 있다. 인간도 자연과 함께하는 삶이 섭리에도 맞고 정서면에서도 보탬이 되며 건강면에서도 좋겠다는 생각이 든다.

희수 기념 죽재 서화전喜壽紀念竹齋書畫展

평소 취미활동으로 서예를 시작한 것이 오늘에까지 이르렀다. 작품 활동을 하면서도 언젠가는 그간의 작품을 한 곳에 모아서 다른 사람의 평가를 받아보고 싶은 욕심이 있었다. 최근 들어 그 동안 간간이 모아온 산고들을 정리하고 보완하여 마음에 닿는 하느님의 말씀을 화제로 작품에 접목시켜 공개해 보고 싶었다. 여러 회원들과 함께 하는 공동 전시회를 생각하였으나 여의치 않아 평생 처음으로 개인전을 갖게 된 것이다.

처음 서예를 접한 것은 영양 입암중학교 교감 재직 때인데, 영양교육청의 중요시책으로 서예교육이 있었다. 나도 문방사우를 구입하여 지양규 선생님의 지도로 처음 한글서예(참길)를 시작하였다. 처음 10여 명이 참가했으나 몇 명은 중도에 포기하였고 한자 쓰기를 하다가 학기가 바뀌면서 그만 두었다. 그때 국어를 전공한 김인수 교장으로부터 시간이 나면 책이나 읽지 서예를 한다고 핀잔을 듣기도 하였다.

붓을 놓은 지 한참 지나서 정년퇴직 후인 2002년 1월 친구와 함께 '동보서실'에 등록하였다. 친구는 1개월 만에 용케 졸업하였으나 나는 그 끈을 놓지 못하고 지금까지 이어온 것이다. 서예를 하면서 한자공부한다는 생각으로 '해서'부터 매일 오후에 서실로 나가 글씨 연습을 했다. 그 후 '예서', '전서', '행서'를 차례로 연습했다. 그중에 매년 작품 1점씩 출품하여 '동묵회원전'에 5회 참가하였다. 또 서예대전에 참가하여 입상하기도 하였다. 그러나 서예대전은 무엇보다도 공정하고 엄격하게 심사할 것으로 생각했으나 사실은 그 과정이 기대에 못 미쳐서 실망도 했다. 실상을 알고부터는 계속 출품하는 것이 의미가 없겠다 생각되어 그만 두었다. 한자를 쓰면서 사군자 그리기를 동시에 하였다. 그림에 곁들이는 화제가 따르지 않아 사군자만 주로 그렸다. 동보서실에서 5년 반 하다가 '아양아트센타' 사군자반(호정 예보순)으로 옮겨서 지금까지 다니고 있다. 회원전 정도로 전시회를 권하면서 몇 점만 준비하면 된다기에 참가하기로 했으나 여의치 않아 개인전을 준비하게 되었다. 문인화

서화전 기념

로 화제는 주로 성경말씀을 선정하였다.

2013년 후반기에 KBS전시실은 무료였는데 신청방법도 모르고 부실하게 신청 서류를 제출했다가 탈락하였다. 돌이켜보면 그때가 위에 종양이 있어 절제수술을 받은 시기라서 오히려 다행으로 생각된다. 다음해 전반기는 신청하지 않고 후반기에 맞추어 봉산갤러리와 범어도서관 전시실 등을 둘러보고, 대구시 중앙도서관 전시실이 적합하여 대관 신청을 하여 9월 16일부터 21일까지 전시회를 갖게 되었다. 개관식에 80여 명의 지인들이 참석하였으며, 천태오 교육장의 사회로 도승회 교육감님의 축사와 호정 예보순 초대작가 님의 격려사를 해 주셨는데 감사할 따름이다. 칭찬과 격려의 과분한 말씀을 해 주셨기에 내게는 큰 용기가 되었다. 내빈 소개를 하고 간단히 장만한 음식도 먹으면서 정담도 나누는 기회가 되었다. 혹여 건강이 걱정되어 병원에서 영양제 주사도 맞았다. 전시회 기간 중에 많은 분들이 격려해 주시고 또한 성원을 해 주셨다. 혹시나 여러 사람에게 부담을 주지 않았는지 죄송스럽기도 하지만 무사히 끝난 지금 생각하니 참석하여 성원해 주신 모든 분들께 감사한 마음이다.

돌이켜 보면 개관식을 개최하지 않고 전시 기간만 표기하여 안내하거나 또 화제는 성경말씀과 시문, 어구를 적절히 안배를 하고 그리고 작품 규격을 몇 종류로 통일하고 모두 액자로 하였으면 좀 더 좋았을 것을 하는 아쉬움이 남는다. 학교교육을 통해 체계적으로 배운 것도 아니면서 개인 작품전을 갖게 된 것에 자부심을 느끼며 이 또한 영광으로 생각한다. 앞으로도 이러한 성원에 힘입어 인문화 서예를 취미활동으로 계속할 수 있었으면 하는 바람이다.

5장

호영 베드로로 살아가기

고인을 위한 봉사활동

'나이 60세에 능참봉陵參奉'이라는 옛말이 있다. 인생 말년에 종9품의 미관말직인 능지기이지만 족보에 벼슬 이름이 오르고 죽은 뒤 제사 때는 신주神主의 수식어가 달라지는 때였으니 벼슬에 대한 자부심을 드러낸 말이라 하겠다. 여기에 모처럼 일자리를 얻으니 생기는 것 없이 바쁘기만 하다는 의미도 포함되었으리라. 하지만 능, 곧 묘소는 사람이 살다가 마지막 기착지이기에 이를 맡아 관리하는 능지기는 우리 인간의 삶과 죽음에 대해 누구보다도 많이 생각하고 보고, 겪은 자라 할 수 있기에 삶에 대한 해석과 의미도 남다르리라 생각된다. 능의 주인, 곧 돌아가신 분의 삶을 통해서 자신의 인생을 반추할 수 있으며 산 사람은 그분의 삶을 통해 어떤 삶이 의미 있는지, 어떻게 살아

대부님과 함께

야 하는지를 가늠할 수 있기 때문이리라.

부모님이 젊어서 천주교에 입문하였으며, 내자와 동생들도 영세를 받아 신앙생활을 하고 있으나 객지에서 교직생활을 하다 보니 혼자만 입교하지 못하다가 1997년에 입교신청을 하고 저녁시간에 교리교육을 시작하였다. 행사 등으로 교육을 받지 못할 경우에는 리포트를 작성하여 제출하기도 하였다. 중등교장 자격 연수로 교리교육을 다 이수하지 못하였으나 외짝 교우로 형편을 헤아려 영세를 받아 교인으로서의 신앙생활을 시작하게 되었다.

나도 70대에 이르러 대구대교구 복자성당에서 위령회와 어르신 복사단에 가입하여 활동하였으며, 레지오 단장, 명도회 회장을 거쳐 평신도협의회장직을 맞게 되었다. 협의회장인 나나 부회장, 총무 모두가 단체장이 아니어서 진행에 어려움이 있었으며, 사목회에 참석하면 50대가 주축인데 연장자로서의 처신도 어려웠다. 평신도협의회는 매월 4째 주일에 개최하였는데 회원들의 참석이 부진하였으나 2년간 젊은 교우들을 만나고 성당 운영 등의 많은 체험을 할 수 있는 기회도 되었다.

수녀님의 부모님이 선종한 경우에는 장례미사 때 많은 수녀님이 흰옷을 입고 참석하여 성당 안에서 양쪽에 서서 시신을 운구하는 모습은 성스럽기 그지없다. 또 신부님의 부모님이 선종하였을 때에는 대주교님이 주례를 담당하며, 많은 신부님이 참석한 가운데 고인을 위해 기도하며 구柩를 흰 제의를 입은 신부님이 양쪽에 서서 운구하는 것을 볼 때는 고인을 위한 경건함을 비길 데 없었다. 나는 그 앞에서 고상을 들고 선도하였는데 장례미사는 어느 의식보다 엄숙한 분위기에서 거행되는 예식이며, 그래서 위령회원의 종사자는 흰 가운이나 정장을 하여 경건한 마음으로 시신을 양쪽에서 운구하는 것이 좋을 것 같다.

40년 전에 할아버지가 고향 집에서 돌아가셨는데, 내가 근무하는 학교의 친목회장이 대구에서 조문을 왔으나 성복하기 전이라 직접 조문은 하지 못하고 호상소에 들렀다가 돌아갔기에 미안한 마음이 있었다. 또 6년 전 3월 1일 새벽에 어머니가 돌아가셔서 가톨릭병원 장례식장에 안치하고 연락하였더니 첫날에 서울에 있는 매제 학교와 많은 분들이 성복제 전에 조문과 연도를 오셨다. 현 시대는 성복제와 무관하게 조문하고 연도를 하며 고인의 명복을 빌고 있다.

명복공원에 가면 상주가 굴건제복을 하고 와서는 화장이 끝나면 상복을 그 자리에서 포대에 넣는 것을 볼 수가 있다. 아무리 상례법이 과거와는 다르다지만 지나쳐 보인다. 과거처럼 부모님이 돌아가시면 자식이 묘소 옆에 움집을 짓고 3년간 산소를 돌보고 공양드리는 시묘살이까지는 하지 못할망정 최소한 장례 당일 탈상 제사를 지내고 상복 벗는 것이 옳지 않은가 생각이 든다. 아무리 세태가 변했다지만 조상들이 어떻게 보아 주실지 걱정스러울 뿐이다.

장례미사에 고상을 들고 맨 앞에 서서 장례 행렬을 인도하는 일을 하고 있다. 10여 년 연배인 교우가 "내가 죽으면 호영베드로가 고상을 들고 장례미사를 봉헌했으면 좋겠다." 하는 말을 들었을 때에는 '지금껏 해 온 일이 헛되지 않았구나' 하는 생각에 보람도 느꼈으며 또 그렇게 할 수 있기를 기대해 본다. 매주 월, 화, 목요일 3일간은 교육 때문에 장례에 참여를 못하는 경우가 있어서 위령회원들에게 미안한 마음이 든다. 장례미사에서 특히 상주가 어린 경우에는 애틋하고 가엾은 마음이 더하며, 친구인 고 곽정섭 대건 안드레아는 장

장례미사

례미사도 없이 보낸 것이 안타깝고 애석하기 이를 데 없다. 고 서정도 치릴로 형님이 선종하여 대전 현충원에 갔던 일과 정의섭 마리노 모친이 선종하여 예천 지보에 가서 우의를 입고 참석했던 기억도 새롭다. 장지로 가는 중에는 연도와 묵주기도로 고인의 명복을 빌면서 시간 가는 줄 모르고 갔으나 그러나 고인을 안장하고 돌아올 때는 허탈한 마음 금할 길 없으며, 나도 언젠

가는 이런 과정을 거치리라 생각하며 차창 밖으로 내리는 빗물과 함께 서글픈 상념에 잠겨 본다. 그리고 위암 수술한 후에는 매운 음식을 먹을 수 없어서 상가를 방문하거나 장지수행에도 어려움이 있으나 건강이 허락하는 한 앞으로도 위령회 활동은 계속해서 참여할 생각이다.

위령회에서 매년 순교자의 정신을 본받기 위해 김수환 추기경 묘소나 성지를 참배하고 있는데 현재는 참여 못 하고 있어 안타깝다. 막내 매제를 제외하고는 6남매 내외 모두가 천주교를 열심히 믿고 있으며 성당 내에서 활동도 하고 있고, 조카 여현국 디모데오 신부도 있으니 어느 집안보다도 종교적으로는 단합된 일체감을 보이고 있어서 자부심과 함께 신자 집안으로서의 긍지를 가지는데, 우리 온 집안이 하느님의 은총과 하느님의 뜻에 따라 매사가 순리대로 축복 가운데 생활하기를 기도해 본다.

공수래공수거空手來空手去

공수래공수거空手來空手去, 뜻처럼 우리 인생은 빈손으로 왔다가 빈손으로 간다. 갓 태어난 아기는 두 손을 꼭 부여잡고 자신의 삶을 움켜쥐려 하지만 죽을 때는 대부분 힘없이 펴고 간다. 태어나는 아기는 이 세상의 모든 걸 움켜잡으려는 듯이 욕심을 내지만 죽을 때는 어떤 것도 가지지 못한 채 모든 것을 버리고 빈손으로 떠난다는 의미일 것이다. 어차피 모든 걸 다 버리고 빈손으로 떠나야 할 인생의 삶이라면 그 삶이 베푸는 것이라면 얼마나 좋을까? 아무리 재산이 많고 가진 것이 많다고 한들 돌아갈 때 걸치는 수의에는 주머니마저 없으니 노잣돈조차 가져갈 수 없다.

'한 사랑의 영상' 중에서 '공수래공수거'에 대한 작가 미상의 글이 생각나 옮겨 본다.

이승의 나그네여 가져갈 수 없는 무거운 짐에 미련을 두지 마오.
빈 몸으로 와서 빈 몸으로 떠나는 인생 또한 무겁기도 하건만
그대는 무엇이 아까워 힘겹게 이고 지고 안고 있나
빈손으로 왔으면 빈손으로 가는 것이 자연의 법칙이거늘
무슨 염치로 세상 모든 걸 다 가져가려 하나

간밤에 꾼 호화로운 꿈도 깨고 나면 다 허무하고 무상한 것
어제의 꽃피는 봄날도 오늘의 그림자에 가려져 보이지 않는데
무엇을 붙들려고 그렇게 발버둥치고 있나

발가벗은 몸으로 세상에 나와 한세상 살아가는 동안 이것저것 걸쳐 입고
세상 구경 잘하면 그만이지 무슨 염치로 세상의 것들을 다 가지려 하나

황천길은 멀고도 험하다 하건만 그대가 무슨 힘이 있다고
애착에서 벗어나지 못하나 어차피 떠나야 할 그 길이라면
그 무거운 짐일랑 다 벗어 던지고 처음 왔던 그 모습으로 편히 떠나 보구려
이승 것은 이승 것, 행여 마음에 두지 마오.
떠날 땐 맨몸 덮어 주는 무명천 하나만 걸쳐도
그대는 그래도 손해 볼 것 없지 않소.

부귀영화 좋다한들 몇 날이런가?
친하던 권속들도 잠깐 이로세
천금이 그대 손에 있다하여도
청빈히 숲에 사는 나만 못하리…

악착같이 살아 봤자 빈손으로 와서 빈손으로 가는 인생이라면 베풀면서 사는 것이 지혜로운 삶인 것을. 베푼다고 하면 돈이 많은 사람들이나 한다고 하겠지만 정작 있는 사람이 더 인색한 법이다. 재벌들 중에는 부모 자식 간, 또는 형제간에도 재산 때문에 법정에서 싸우는 것을 종종 볼 수 있다. 평생 써도 다 못 쓰고 남을 재산인데도!

어떤 이가 석가모니를 찾아와서 호소를 하였다. "저는 하는 일마다 제대로 되는 일이 없으니 이 무슨 이유입니까?"

"그것은 네가 남에게 베풀지 않았기 때문이니라."

"저는 아무 것도 가진 것이 없는 빈 털털이입니다. 남에게 줄 것이 있어야 주지 뭘 준단 말입니까?"

"그렇지 않으니라 아무 재산이 없더라도 줄 수 있는 일곱 가지, 즉 무재칠시無財七施가 있는 것이다."

첫째, 화안시和顔施는 얼굴에 화색을 띠고 부드럽고 정다운 얼굴로 남을 대하는 것이요.

둘째, 언시言施는 말로서 얼마든지 베풀 수 있으니 사랑의 말, 칭찬의 말, 위로의 말, 격려의 말, 부드러운 말 등이다.

셋째, 심시心施는 마음의 문을 열고 따뜻한 마음을 주는 것이다.

넷째, 안시眼施는 호의를 담은 눈으로 사람을 보는 것처럼 눈으로 베푸는 것이요.

다섯째, 신시身施는 몸으로 때우는 것으로 남의 짐을 들어준다거나 일을 도우는 것이요.

여섯째, 좌시座施는 자리를 양보하는 것이요.

일곱째, 찰시察施는 굳이 묻지 않고 상대의 속을 헤아려 도와주는 것이다.

"네가 이 일곱 가지를 행하여 습관이 붙으면 너에게 행운이 따르리라" 하셨다.

이웃을 내 몸 같이 물심양면으로 베풀 수 있으면 좋을 것 같다. 그렇지만 행동으로 옮기는 데에는 용기가 필요하다. 우리가 어린 시절 살던 때를 생각하면 충분히 잘 살고 있으니 걱정할 필요가 없다고 본다.

한恨 많은 이 세상 어느 날 갑자기 소리 소문 없이 훌쩍 떠날 적에 돈도 명예도 사랑도 미움도 가져갈 것 하나 없는 빈손이요. 동행해 줄 사람 또한 없으니 자식들 뒷바라지하느라 다 쓰고 쥐꼬리만큼 남은 돈 있다면 자신을 위해 아낌없이 다 쓰고 그리고 여생을 건강하고 즐겁게 살다 가는 것이 현명한 삶이라 생각된다.

아름다운 마무리 1

이승을 뜨기 전에 고부간, 또는 친구 간에 나쁜 것, 고마운 것을 다 풀어야 한다. 고마운 것은 '고맙다', '수고했다' 고, 나쁜 것은 '미안하다', '용서해 다오' 라고 풀고 난 뒤 가벼운 마음으로 떠나야 한다. 혹 말을 못했다면 글로써 라도 남겨 두면 좋다.

대구 '아름다운 중·노년문화연구소' 에서 주관하는 '2011년 제10기 웰-다잉(죽음 준비교육) 지도자 과정' 을 이수하였다. 그리고 복지관에서 노인대학생을 대상으로 유언과 상속에 대하여 강의를 하고 있다.

'유언' 이란 사람이 사망하기 전에 자신의 재산 처분이나 자

유언과 상속 강의 장면

녀의 처우 등에 관하여 법적인 효력을 갖게 하는 의사표시를 하는 것이다.

그렇다면 유언장은 언제 쓰는 것이 좋을까?

감은 홍시로만 떨어지는 것이 아니다. 덜 영근 땡감으로도 떨어지고 물렁감으로도 떨어진다. 언제 떨어질지 모르듯이 죽음도 정확히 때를 예상하는 죽음은 없다. 군위에 있는 가톨릭묘원에 가면 돌아가신 순서대로 안장을 한다. 80대에 돌아가신 분을 안장하고 있으면, 그 옆에서는 30대에 세상을 등진 분의 묘를 삼우 방문하여 손질하고 있다. 먼저 돌아가신 분이기에 저승에서는 형님이 된다. 태어날 때에는 순서가 있지만 떠날 때는 순서가 없다. 인생은 생명체이기에 언제 어떻게 될지 누구도 알 수가 없다. 그래서 유언도 건강할 때 지금 쓰는 것이 좋다. 유언장이 잘못 되었으면 고칠 수도 있고 일부나 전체를 철회를 할 수도 있다. 유언을 이중으로 작성했다면 가장 최근의 것이 유효하다.

유언의 종류는 어떤 것이 있을까?

첫째는 유언자가 내용을 직접 작성하는 '자필증서유언' 이 있는데 여기에는 작성 연월일, 주소를 병기하고 반드시 날인이나 자필로 서명해야 한다. 정해진 양식이 있는 것은 아니지만 앞의 요건을 갖추어 자유롭게 쓰면 된다. 여러 장인 경우는 간인을 찍어야 한다. 재산 관계가 아니라면 날인을 안 해도 상관없다. 하지만 컴퓨터로 작성하여 출력한 것은 효력이 없다. 왜냐하면 작성자가 불분명하기 때문이다. 연필로 작성한 것은 나중 수정이 가능하기에 이 또한 안 된다. 그리고 날인은 아무 도장이라도 관계없으며 지장도 가능하다, 고무도장은 안 되며 성명은 누구의 것인가를 알 수 있는 정도의 공개된 예명이나 호, 자를 쓸 수도 있다.

둘째는 자신의 목소리로 남기는 '녹음증서유언' , 셋째는 법무인에게 공증하는 '공정증서유언' , 넷째는 유언 내용을 엄봉,

날인하여 남기는 '비밀증서유언', 마지막으로 급박한 상황에 남기는 '구수증서유언' 등이 있다.

이번 연수 중에 작성한 '나의 유언장'을 소개한다.

1. 사랑하는 아내에게 : 당신이 24살에 7남매 장남인 나와 결혼하여 여실이가 된 지도 벌써 반세기가 되어 가는가 보군요. 그동안 고생도 많았어요. 앞으로 우울증도 완쾌하고 건강하게 남은 인생을 함께 오래오래 살기를 기원합니다. 내가 먼저 세상을 하직하면 연금이 있어 경제적으로는 별 어려움이 없으리라고 믿어요. 자식 3남매도 애 끓이는 일은 없으리라 생각됩니다. 손자들의 자라는 모습을 보면서 아름답게 주님의 은총이 항상 함께 하기를 빕니다. 자야 안녕

2. 장성한 아들딸에게 : 너희 3남매는 항상 말하듯이 서로 화목하고 성실하게 잘 살기를 바란다. 어머니에게 효도하고 앞으로 손자들이 대학을 졸업하고 사회에 봉사하는 사람이 되도록 길러 주길 바란다.

〈이하 생략〉

인터넷에 개재된 '기뻐서 울었고, 좋아서 웃었다.'를 소개한다.

아내를 잃고 혼자 살아가는 노인이 있었다. 젊었을 때에는 힘써 일하였지만 이제는 자기 몸조차 가누기가 힘든 노인이다. 그런데도 장성한 두 아들은 아버지를 돌보지 않았다. 어느 날 노인은 목수를 찾아가 궤짝 하나를 주문하였다. 그리고 그것을 집에 가져와 그 안에 유리 조각을 가득 채운 뒤 튼튼한 자물쇠를 채웠다.

〈 중략 〉

아들들은 생각하였다. "그래! 이건 아버지가 평생 모아 놓은 금은보화일 거야." 그때부터 번갈아가며 아버지를 극진히 모시기 시작하였다.

그리고 얼마 뒤 노인은 죽었다. 아들들은 드디어 그 궤짝을 열어 보았다. 깨진 유리 조각만이 가득 들어 있는 것을 발견하고, 큰 아들은 화를 내었다.

"…속았군!"

〈 중략 〉

궤짝을 비우고 나니, 밑바닥에 편지 한 장이 들어 있었다. 막내아들은 그것을 읽다가 '꺽~ 꺽' 소리 내어 울기 시작하였다.

마흔을 넘긴 사나이의 통곡 소리에 그의 아내가 달려왔다. 아들딸도 달려왔다. 그 글은 이러하였다.

"첫째 아들을 가졌을 때, 나는 기뻐서 울었다. 둘째 아들이 태어나던 날, 나는 좋아서 웃었다. 그때부터 사십여 년 동안 수천 번, 아니 수만 번 너희들은 나를 울게 하였고 또 웃게 하였다. 이제 나는 늙었다. 그리고 너희들은 달라졌다. 나를 기뻐서 울게 하지도 않았고, 좋아서 웃게 하지도 않았다. 내게 남은 것은 너희들에 대한 기억뿐이다. 처음엔 진주 같았던 기억, 중간엔 내 등뼈를 휘게 한 기억, 지금은 사금파리 유리조각 같은 기억, 아, 아 내 아들들은… 나와 같지 않기를… 너희들이 늘그막에 나 같지 않기를…"

아내와 아들딸도 그 글을 읽었다. "아버지!" 하고 소리치며 아들딸들이 서로의 품을 부둥켜안고 울었다. 아내도 그의 손을 잡았다. 그런 일이 있은 다음부터 집안에서는 즐거운 웃음소리가 끊이지 않았다.

복지관의 노인대학에 가면 7, 80대의 분이 참여한다. 유언에 대해 관심이 많고 공감을 한다. 강의 중에 각자 유언장을 작성케 하고 발표하는 시간을 갖는다. 유언장을 처음 작성하기 때문에 무엇부터 쓸 것인가 막막해 한다. 그러나 자신이 생각하는 바를 격식 없이 적으면 된다고 하니 흥미를 가지고 쓰기 시작한다. 자기가 쓴 것을 발표하는 것은 처음이라서 쑥스러워 한다. 그러나 발표한 뒤에는 흡족해 한다. 박수를 받으니 또한 뿌듯한 마음도 갖게 된다. 느낀 점이 무엇이냐고 하니 과거를 되돌아볼 수 있는 기회가 되고 미래를 설계할 수 있어 좋았다고 하며 집에 가서 조용히 다시 작성해야겠다고 한다.

아름다운 마무리 2

상속은 돌아가신 후에 자녀에게 재산을 물려주는 것이며, 증여는 살아 계시는 동안에 재산을 물려주는 것을 말한다.

"증여를 하셨습니까? 증여하신 분 손들어 보세요!"

"…"

증여를 하지 않은 분은 없다. 자녀들 결혼할 때, 혼수 또는 집 사는데, 사업할 때 보태어 준 것이 모두 증여에 해당되기 때문이다.

이런 말도 있다.

첫째, 전 재산을 물려주면 굶어 죽고,

둘째, 반만 물려주며 쪼들려 죽고

셋째, 전혀 주지 않으면 맞아 죽는다는 말이 있다.

세태를 풍자했다지만 시대가 많이 변했나 보다. '동방예의지국' 이라고 했는데 웃어넘길 일이 아니라는 생각이 든다. 아버지께 '집 사는데 필요하니 주시려거든 논을 팔아 서라도 미리 돈을 달라' 고도 한다. 극단적인 예이지만 신문에는 간혹 자녀에게 늙은 부모가 매 맞는다는 기사를 볼 수 있다.

돌아가신 후 재산 때문에 자녀들이 싸우는 경우가 있으므로 부동산은 적당한 시기에 증여를 하는 것이 좋다고 한다. 동산은 자녀들 몰래 숨겨 두었다가 손자들이 올 때 용돈이라도 주어야 한다. 손자, 손녀는 할아버지가 냄새 난다고 좋아하지 않는다. "할아버지 집에 오는 것 좋으냐?" 고 물으면 "예" "진짜 좋으냐?" "아니요." 할아버지 집에 오니까 컴퓨터나 TV를 마음대로 볼 수 있으니까! 좋다고 한다. 우리 손자들도 집에 오면 컴퓨터를 서로 하려고 한다.

이웃에 사는 모 할머니는 택지 개발로 집을 팔아 작은 아파트를 구입하고, 두 아들에 얼마를 주었다. 그리고 남은 현금을 은행에 저축하였다. 손녀가 돈이 있는 것을 알고 돈을 빌려 달라고 떼를 쓴단다. 하지만 주면 그것으로 끝인 것을….

과거에는 금리가 높기 때문에 교육공무원으로 퇴직한 A씨는 일시불로 받아 은행에 정기예금하고 이자로 생활하고 있었다. 아들이 치과의사로 병원을 확장하기 위하여 정기 예금한 돈을 주면 은행 이자로 매월 주겠다고 하였다. 처음에는 꼬박꼬박 은행 이자만큼 주었다. 노인에게 많은 돈이 필요하겠나 생각하고 주는 돈을 줄였다. 한 달 용돈이 부족하여 며느리에게 더 줄 것을 요구하였다. "또요!" 하는 말을 듣고는 어찌할 수가 없었단다. 자녀에게 돈을 주면 그것으로 끝이다. 이승을 떠날 때까지는 현금을 가지고 있어야 한단다.

어느 아버지의 증여에 대한 실화를 소개한다.

S시에 거주하는 한 아버지가 4남매를 잘 키워 모두 대학을 졸업시키고 시집, 장가를 다 보냈다. 한 시름 놓자 그만 중병에 걸린 사실을 알았다. 하루는 자식과 며느리, 딸과 사위를 모두 불러 모았다. '내가 너희를 키우고 대학 보내고 시집 장가보내고 사업을 하느라 7억 정도 빚을 졌다. 알다시피 내 건강이 안 좋고 이제 능력도 없으니 너희들이 얼마씩 좀 갚아 다오. 이 종이에 얼마씩 갚겠다고 적어라.' 고 했다.

아버지의 재산이 좀 있는 줄 알았던 자식들은 서로 얼굴만 멀뚱히 쳐다보고 아무 말이 없었다. 형제 중 그리 잘 살지 못하는 둘째 아들이 종이에 5천만 원을 적었다. 그러자 마지못해 나머지 자식들은 경매 가격을 매기듯 큰 아들이 2천만 원, 셋째 아들은 1천 5백만 원, 딸이 1천만 원을 적었다.

문병 한 번 없고 손에서 놓지 않는 핸드폰이지만 안부전화 한 번 없는 자식들을 다시 모두 불러 모았다. 이번에는 며느리와 사위는 오지 않고 4남매만 왔다. '내가 죽기 전에 너희가 얼마 되지 않는 재산으로 싸움질하고 형제간에 반목할까봐 전 재산을 정리하였다. 지난번에 너희가 적어 준 액수의 5배를 지금 준다. 이것으로 너희에게 내가 줄 재산 상속은 끝이다. 장남은 1억 원, 둘째는 2억 5천만 원, 셋째는 7천 5백만 원, 딸은 5천만 원을 준다.' 적게 받은 자식들은 안색이 사색이 되었지만 이를 원망할 수가 없었다고 한다.

증여세는 어떻게 되나요?

부동산은 공시지가를 계산하여 취득세가 부과되고 또한 증여세의 기초공제는 10년간 5,000만 원(미성년자는 2,000만 원)이며 10%~50%의 누진세율이 적용된다.

손자와 손녀들에게 장학증서와 함께 중학교 진학 시 50만 원, 고등학교 진학 시 100만 원, 대학교 진학 시에 천만 원을 장학금으로 수여하기로 하였다. 또한 부모님에게 물려받은 고향의 선산과 논 그리고 동구 신평동 논은 증여를 한다. 앞으로 유용하게 활용하기를 기대해 본다.

아름다운 마무리 3

상속은 존속의 사망으로 인한 재산상 법률관계의 포괄적인 승계를 말한다. 즉 돌아가신 후 자녀에게 물려주는 모든 것을 말한다.

상속 개시일은 언제부터 시작될까?

답은 병원에서 의사가 사망을 선고한 시간부터 시작된다. 호적상의 사망신고와는 관계가 없다.

그러면 상속인의 순위는 어떻게 될까?

제1순위는 사망한 분의 아들딸과 배우자가 된다. 며느리와 사위는 해당되지 않는다. 아들이 사망한 경우에는 손자, 손녀가 받는다. 딸이 사망한 경우에는 외손자 외손녀가 받는다.

별거 중인 배우자는 받을 수 있을까?

물론 받을 수 있다. 이혼한 배우자는 법원에서 이혼 판결이 났더라도 면이나 동사무소에 신고하기 전에는 가능하다. 재혼한 경우에도 혼인신고를 했으면 정식으로 받을 수 있다. 혼인신고가 되지 않은 경우에는 법원의 판결에 의해서 결정이 된다.

제2순위는 사망한 분의 부모와 배우자가 된다.

제3순위는 형제자매

제4순위는 4촌 이내의 방계 혈족이 된다.

민법상의 재산 상속분은?

첫째는 사망한 분의 유언이 우선이다.

둘째는 상속인 전원의 합의에 의하여 법적인 상속분과 다르게 분할할 수 있다. 즉, 부모를 모시는 차남에게 전부를, 혹은 못 사는 딸에게 많이 주는 등 상속인 모두가 동의하면 된다. 이렇게 되면 형제간에 더욱 우의가 돈독해지고 경사스러운 일이 아니겠는가! 재산 관계로 형제간에 싸우는 경우가 종종 볼 수 있고 재산 때문에 형제간이 원수지간으로 되는 경우도 있다.

셋째는 법적 상속분은 아들이나 딸이 똑같이 분할한다. 배우자는 1.5배로 한다. 세태가 예전과 달라서 배우자가 상대적으로 적다는 의견이 있어 점차 상향 조정되리라 한다. 태아도 똑같이 태어난 후에 상속을 받을 수 있다.

맏아들 : 둘째아들 : 딸 : 배우자 = 1 : 1 : 1 : 1.5이다. 맏아들이 사망한 경우에는 손자가 2명이면 1/2씩 상속을 받는다. 또한 딸이 사망한 경우는 외손자 손녀가 3명이면 1/3씩 상속을 받는다. 양자인 경우에는 생부모와 양부모의 양쪽에 다 상속을 받을 수 있다고 한다.

상속인 중에서 장남에게 치우쳐 상속한 경우에는 차남이 유류분 반환청구 소송을 할 수 있다. 또한 전 재산을 사회에 기증한 경우에도 자녀가 유류분 반환 청구소송을 할 수 있다. 그러므로 사회에 기증하는 경우에는 자녀에게 미리 상의하는 것이 원만하다. 배우자와 자녀는 법정 상속분의 1/2, 부모와 형제 자매는 법적상속분의 1/3을 유류분으로 받을 수 있다.

재혼을 하였으나 혼인신고를 하지 않고 동거한 경우, 극진히 간호한 경우, 또는 재산 관리에 기여한 경우에도 상속을 받을 수 있는 기여분 제도가 있다. 도시에 나가 부모를 돌보지 않았기에 이웃에 사는 사촌이 간호하여 법원 소송을 통해 50%를 상속하라는 판례가 있다.

과거에는 대부분의 재산을 남편의 명의로 등기를 하였다. 그러나 현재는 아파트를 공동명의로 하는 경우가 흔하다. 이때 한 분이 돌아갔을 경우에는 나머지 1/2의 재산은 살아계신 한 분에게 자동으로 승계가 된다.

상속은 돌아가신 분의 권리뿐만 아니라 의무 일체도 승계되므로 재산뿐만 아니라 빚도 물려받게 된다. 가령 재산은 1억인데 빚이 2억이면 어떻게 할 것인가? 1억 원 만큼 빚을 상속하는 경우는 '한정승인' 이라 하고 재산과 빚을 모두 상속하지 않을 경우를 '상속포기' 라 한다. 한정승인이나 상속포기는 3개월 이내 법원에서 승인을 받아야 한다. 3개월이 지나면 재산과 빚은 자동으로 승계 된다. 1순위 상속인이 모두 상속포기를 한 경우에는 어떻게 될까? 이때는 3순위인 삼촌에게 빚을 갚으라는 통지가 오게 된다. 이 경우에 한 사람이 한정승인을 받아 빚을 처리를 하는 것이 현명하다.

'아버지의 유언장' 이라는 일화를 소개한다.

재력가 A씨는 수년 전 폐암 말기 진단을 받았다. 그에게는 개인 병원을 운영하는 장남과 대기업 차장인 차남, 가정주부인 딸이 있었다. 3남매는 개성이 강하고 이기적인 탓에 어려서부터 다툼이 많았다고 한다. A씨는 자신이 죽으면 자식들이 재산 싸움을 하지 않을까 염려했다. 그는 고민 끝에 평소 병원 이전을 희망했던 장남에게는 30억 가량의 상가를, 집이 없던 차남에게는 15억 하는 아파트, 부유한 시댁을 둔 외동딸에게는 5억인 금융 자산을 주기로 유언장을 작성했다.

〈 중략 〉

아버지가 쓴 유언장에는 단지 유언 내용과 이름만 있을 뿐 날짜와 날인 등이 빠져 있었다. 유언장의 효력이 불투명해지자 차남과 딸은 장남을 상대로 법원에 상속재산분할 청구소송을 냈다.

〈 중략 〉

치열한 법정 싸움이 이어졌고 법원은 3남매가 거의 비슷한 비율로 재산을 나누도록 결정되었다. 그러나 3남매는 재판을 거치면서 원수지간이 되었다.

만일 A씨가 병원에서 '공정증서에 의한 유언'을 택했다면 최소한 법정 다툼은 막을 수 있었을 것이다.

상속세는 어떻게 되나요?

취득세를 납부해야 하며 상속세의 기초공제는 배우자는 6억원, 자녀는 5억원이며 과세표준은 10%~50%의 누진세율이 적용된다.

칠곡군 동명면 금암리 개발제한구역에 300평의 밭이 3필지로 1/2지분으로 되어 있어 분할을 할 수 없고 증여도 어렵다. 그러므로 칠곡의 밭과 주택 그리고 기타 재산은 3남매가 똑같이 상속하기를 바란다.

기제사와 차례

예서禮書에 의하면 '황제는 하늘에 제사지내고, 제후는 사직社稷에 제사지내며, 사대부士大夫는 조상에 제사지낸다.' 고 하였다. 인간이 조상에게 제사지내는 까닭은 효孝를 계속하기 위함이며 효란 자기를 존재시킨 것에 대한 보답이다. 효는 인간의 행실 중에서 가장 근본이기에 극진히 행해야 한다. 제사는 본래 길례吉禮에 속하는 것으로, 조상께 음식과 재물 같은 희생물을 바치고 춤과 음악으로 기쁘게 함으로써 복을 받고자 했던 일종의 축제와 같은 의식이다.

큰집이 있는데도 아버지께서 4대 봉제사를 하였다. 고조부부터 고향에서 제사를 모셨는데 기제사에는 직장관계로 참례하지 못함에 항상 죄송스러웠지만 명절 차례에는 교통이 불편하더라도 참석하였다. 특히 추석을 맞이하여 전날 대구북부정류장은 귀성객으로 인산인해를 이룬다. 성주 가천행을 타기 위해서는 한바탕 전쟁이라도 치르는 심정이었는데 준현이와 현태는 버스 창문으로 먼저 태우고 밀고 들어가면 배터진다고 고함치는 사람이 있을 만큼 발 디딜 틈이 없었다. 이미 정원의 배 이상 탔는데도 또 타겠다고 난리다. 짐짝 취급당하면서 파김치가 되어 선물 꾸러미를 챙겨서 어렵사리 도착하면 부모님이 반겨주는 기쁨에 오는 길의 피곤은 다 잊어버리고 즐겁기만 하다. 한번은 귀가길 대천 앞 도로에 나오니 검은 승용차가 오기에 손

추석 차례

을 들었더니 차가 서서 타고 보니 국회의원의 차여서 무척 놀랐다. 의원 님의 배려로 성주읍까지 편히 올 수 있었다. 고맙다고 인사도 제대로 하지 못하여 죄송한 마음 금할 길이 없다.

팔순이 넘으신 부모님이 장남인 나에게 제사를 넘겨주셨다. 조부모님의 제사만을 넘겨주면서 세 분 할머니 기일이 모두 음력 2월에 있으므로 2월 초 2일에 한 번만 지내도록 하시면서 남원에서 제기도 주문하여 주셨다. 그리고 제례법도 익히며 준비를 했다. 아침에 출근하는 사람이 제사를 12시에 지내기가 어려워 입제일(돌아가신 날) 초저녁 8시경에 지내도록 하였으며 축문이 한문이어서 여러 사람이 이해할 수 있도록 쉬운 한글로 했다. 할아버지 제사 때 '축문'을 소개한다.

> '정유년 시월 십일 효손 기창은 감히 고하나이다. 할아버지, 옥산 장씨 할머니, 순흥 안씨 할머니, 밀양 박씨 할머니, 해가 바뀌어 할아버지 돌아가신 날을 맞이하여 지난날을 돌이켜 생각하니 하늘과 같은 은혜 그지없습니다. 이제 삼가 맑은 술과 전, 여러 음식을 공손히 올리오니 흠향하시옵소서.'

매번 우리 집에 모여서 제사 음식을 장만하는 것이 어려워 삼형제가 제사 음식을 나누어 분담하기로 하였다. 시간이 단축되고 각자가 정성껏 준비하므로 번거로움도 줄일 수 있었다. 돌아가면서 준비한 음식은 다음과 같았다.

	추석 (8/15)	할아버지 (10/10)	아버지 (12/22)	설 (1/1)	어머니 (1/27)	할머니 (2/2)
신천동	1	2	3	1	2	3
칠곡	2	3	1	2	3	1
성서	3	1	2	3	1	2

[예시 1: 나물, 탕, 유과 2: 전, 과일 3: 수육, 떡]

추석에 대구에서 차례를 지내고 성주로 성묘 가는 것이 교통이 혼잡하여 반대로 고향 성주로 가서 추석 차례를 지내고 점심 후에 부모님과 증조부모님의 묘소, 그리고 숭조당을 들러 성묘를 하고 대구로 돌아오고 있다. 숭조당에 14시경 가면 여러 친척이 오랜만에 만나 음식을 나누어 먹으며 정담을 나눌 수 있는 기회도 되었다.

2003년 86세로 아버지께서 돌아가시고 8년 후에 94세로 어머니께서 돌아가셨다. 어머니가 돌아가신 지 5년이 지났으니 동

귀여운 수미와 함께

생들이 할머니와 어머니 제사를 할아버지와 아버지 제사에 합제하는 것이 어떻겠느냐고 하기에 의논하였다. 천주교를 믿으니 성당에 미사 예물을 드리는 간편한 방법도 있으나, 1939년 교황청에서 한국에는 제사를 지내는 것을 용인하였고, 제사를 통해 조상님의 은덕을 기리고 바쁜 일상이지만 형제간 이를 통해 서로 만나 우의를 다지는 계기도 되는 것 같아 제사를 계속 지내는 것이 좋겠다는 의견으로 모아졌다. 음력설에 삼형제가 모여 제수씨에게 일임하였더니 내년부터 아버지와 할아버지 기일에 합제하기로 결정하였다.

2017년 음력 정월 27일 어머니 제사를 내년부터 아버지 기일에 합제하고 어머니 기일에는 성당에 예물봉헌을 하고 형제들이 미사에 참례하여 부모님의 은덕을 기리면서 축문을 읽고 다음에 '고유문' 을 소개한다.

'어머님 효자 기창은 눈물을 머금고 엎드려 삼가 고하나이다. 어머님이 돌아가신 지 어언 6년이 됩니다. 세상도 많이 변했습니다. 상례에 어긋나고 자식의 도리가 아닌 줄 아오나 시류에 맞추어 살아야하기에 내년부터 어머니의 제사는 아버지 기일에 합제하여 함께 제사상을 차리기로 뜻을 모았습니다. 어머님, 아들딸 며느리들이 고개 숙여 고합니다. 불효자를 너그러이 용서하여 주옵소서. 안녕히 계시옵소서.'

조상의 은덕을 기리는 미풍양속인 제사의 좋은 의미가 자꾸 퇴색되고 흐려지는 것 같아 마음이 아프지만 세상이 복잡해지면서 인심도 개인주의가 팽배하고 현세 위주로 흘러가는 것 같다. 조상의 음덕을 기리고 가문과 뿌리를 중시하던 옛 선열들의 가르침을 점차 가벼이 듣는 세상이 되었으니 세태의 변화를 어찌 거스를 수 있겠느냐마는 지난 세월을 그런 가르침과 환경 속에서 자라고 살아온 나로서는 이러한 변화가 낯설고 두려울 뿐이다. 세상을 움직이는 힘은 나이 든 노년이 아니라 그 변화를 추구하는 젊은 세대, 후세들임을 부정할 수 없기에 변화를 수용하고 따를 수밖에 없음을 어찌하겠는가?

내 인생의 사다리

발행 | 2017 년 10월 25일

지은이 | 여기창
펴낸이 | 신중현
펴낸곳 | 도서출판 학이사
출판등록 : 제25100-2005-28호
주소 : 대구광역시 달서구 문화회관11안길 22-1(장동)
전화 : (053) 554~3431,3432
팩스 : (053) 554~3433
홈페이지 : http : // www.학이사.kr
이메일:hes3431@naver.com

ISBN _ 979-11-5854-102-6 03810

이 도서의 국립중앙도서관 출판예정도서목록(CIP)은 e-CIP 홈페이지(http://seoji.nl.go.kr)와 (http://www.nl.go.kr/kolisnet)에서 이용하실 수 있습니다.(CIP제어번호: CIP2017026817)